淺草鬼妻日記 三

妖怪夫婦大鬧修學旅行

友麻碧

輕文學
Light Literature

目錄

別了。

永別了，我深愛的人。

下輩子再相會吧。

第一章

背負著五芒星的陰陽師

「不，絕對不可能，肯定只是長得很像安倍晴明啦。」

「我不會認錯的，馨！沒有人比我更熟悉那傢伙的靈力。那……絕對是安倍晴明！」

新來的生物老師到校那一天的放學後。

我——茨木真紀，還有青梅竹馬的天酒馨跟繼見由理彥，飛也似地躲進社辦，三人渾身僵硬、顫抖不已，緊急召開小組會議。

「他可是千年以前的人物喔！妳是要說那種遙遠過去的男人到現在還活著嗎？」

「……不，安倍晴明應該相當熟悉能延年益壽的『泰山府君祭』才對。如果是轉世，那就說得通了。畢竟，我們也是這樣。」

我們——由理特別加重這兩個字的語氣。

沒錯，我們前世都是平安時代的大妖怪。

繼見由理彥——我們都叫他「由理」——是纖瘦夢幻的美少年、品學兼優的模範生，過去則是稱作「鵺」的妖怪。平安時代他化身為名叫藤原公任的公卿，以人類身分參與政治。

「確實，這並不是完全沒有可能，只是像個糟糕透頂的惡夢。」

面露嫌惡之色的是天酒馨。他雖然是黑髮高挑的正統派美男子，但過去可是名為酒吞童子的鬼，統帥大江山的眾妖怪們，以首領身分名震天下。

「……轉……世……」

最後是我，茨木真紀。往昔是酒吞童子的老婆，名叫茨木童子的紅髮女鬼。

平安時代具代表性的前大妖怪們，現在居然縮在一起嚇得臉色發青，實在太丟人了。

不過，那傢伙可是平安時代最強的「妖怪終結者」。

「問題是，叶老師還記不記得身為安倍晴明時的事……」

「我記得喔。」

社辦的門突然喀嚓一聲打開，我們嚇得難掩驚慌失措之色。

連腳步聲都未聽見，甚至連氣息都沒能察覺。

門邊站著一身白袍的生物老師，叶冬夜。

柔軟金髮、纖長雙眸，臉上好整以暇的神情令人惱怒。

他的視線極為冰涼，宛如冷澈寒冰扎著我們。

絲毫沒有改變，跟當時一模一樣。

「嗨，各位。」

可是，與那道銳利目光相反，他舉起單手、狀似熟稔地打了第一聲招呼。

「千年不見呢。實在過太久了，我是滿感謝的啦。人妖怪？三隻妖怪？算了無所謂，反正現在都只不過是學生。我的學生。」

「啊、啊、啊。」

我們沒人能好好講出一句話。我抱著必死的決心站起身，伸手指向那個男人。

「啊啊啊安安安安倍晴明！你是安倍晴明的轉世吧！」

「現在才發現嗎？但我現在不是安倍晴明，我有『叶冬夜』這個新名字。聽起來很帥吧。」

「……」

「而且我是老師。妳該叫我『叶老師』，茨姬。」

語氣淡然、面無表情，依然令人搞不清楚是少一根筋還是在挖苦人。

再說，他叫我稱呼他「叶老師」，自己卻叫我「茨姬」。

難以捉摸又莫名其妙這一點，也跟過往相同。他大剌剌地朝空椅子坐下，邊拉鬆領帶邊厚臉皮地說：「至少端個茶上來吧？整天應付學生，老師我累得要命。」

搞什麼呀，安倍晴明轉世的這傢伙也太沒幹勁了！

不過印象中，安倍晴明這個男人確實總是一副慵懶模樣……

「晴明，你連鞋也不脫就踩進別人家地盤，居然還好意思優哉游哉地跟人要茶喝。這種情況下，就算我們把你揍飛也絲毫不足為奇吧？那個是放到哪去了？我的釘棒……拿過來……」

「真紀，妳冷靜點，打傷人會惹麻煩的。」

劈里啪啦、轟隆轟隆，包覆在身體表面的靈力驀地繃緊。我變成像某部少年漫畫中稱作超級什麼人的狀態時，馨以非常實際的一句話制止我。

晴明——不，叶老師，對出聲制止的馨，投以滿不在乎的目光。

「酒吞童子嗎？你……該怎麼說？變膽小了耶。」

「啊？我要揍扁你這個混球！」

結果馨中了叶老師的激將法，立刻失去冷靜，怨念瞬間爆發。

也是啦，酒吞童子和安倍晴明，原本在平安京就是對戰過無數次的冤家。

「那個……」

「什麼事？公任大人。」

「哎、哎呦，拜託別再用那個名字叫我，畢竟，過去我還是遭到人類討伐的妖怪——鵺。」

由理臉上掛著複雜的微笑，替叶老師端上一杯剛泡好的熱茶。

他眼中的神采似乎黯淡了幾分。

啊啊，大家內心都對這個男人有所忌憚！

「那個，話說回來，叶老師為什麼要來這裡？」

「為什麼喔，那是因為我被指派為這個『民俗學研究社』的指導老師。」

「……什麼？」

我們大概慢了三拍，才終於有辦法回話。

叶老師似乎覺得我們的反應很有趣，從剛才就一直不懷好意地笑著。

「去找誰抗議都沒有用喔。非常遺憾，我會來這裡是『陰陽局』的指示。」

「陰、陰陽局？」

為什麼……在腦中浮出這個疑問之前，我們立刻就領悟到答案。

「來監視真紀的嗎？」

馨的聲音充滿與剛剛不同的緊張感，如此判斷。

肯定是這樣。為了監視我，才特地派這個男人過來這裡。

換句話說……這個男人原本就隸屬於陰陽局。

「難道我和由理的身分，也已經被陰陽局發現了嗎？我們是酒吞童子和鵺這件事。」

對於馨的提問，叶老師乾脆地回答「那倒是沒有」。

「雖然是有些人略微懷疑，但應該還沒人能夠確定吧。除了我以外。」

不，被你發現才是最糟糕的——我們內心暗自嘟噥。

「……你們不用這麼緊張，我又不會像前世那樣，跟到天涯海角追殺你們。」

接著，叶老師似乎想到什麼有趣的事，呵地笑了一聲。

「我反而是來幫你們獲得幸福的。」

「什麼？」

這個男人在講什麼瘋話？

上輩子明明是我們的仇敵，這時卻說要來幫我們獲得幸福？

對於完全出乎意料的這句話，我們三人只能啞口無言地愣在原地。

「想騙誰呀──你們現在腦中肯定是這樣想的吧？」

大驚。

「是啦，你們會這樣想也是難免，但你們三個現在已經是……人類了吧？」

他深色的眼眸頓時瞇細，別有含意的語氣，不禁令我們吞了一大口口水。

「你想說什麼？」

「你們對妖怪而言，根本就是英雄、是傳說。這一世裡，圖謀不軌想接近你們的大妖怪應該也不少吧？不……不光是那一類傢伙，人類也一樣。只要得知你們的存在，就會想要利用你們的力量。人類更是如此。我的任務就是若有似無地保護你們遠離那些威脅。」

「若有似無是什麼意思？什麼若有似無啦！」

使用模糊言詞隱藏真意，也是這男人一貫的伎倆。

「但千萬別掉以輕心。就算你們現在是人類，體內寄宿的靈魂仍舊沒有改變。時光流轉的盡頭，你們會變成什麼、成為誰……陰或陽？會往哪個方向發展？一切都還是未知數。我必須親眼看到最後。」

「……」

完全聽不懂他在鬼扯些什麼。

這傢伙為什麼要看著我們？

叶老師啜飲由理端上的熱茶，回頭望向背後的白板。

『為什麼我們妖怪必須遭到人類趕盡殺絕呢？』

沒錯，這是我們內心永遠的疑問。

叶老師忍不住噗嗤笑了出來。

「呵呵，你們幾個，每天都在討論這種充滿怨念的主題嗎？唉聲嘆氣抱怨不休，真難看耶。都上輩子的事了，不要老是這麼念念不忘啦。」

「唔……」

唔、唔哇啊啊啊啊！我宰了你！

我腦充血地一把抄起旁邊美術社的石膏像。

馨從我身後抓住石膏像說：「真紀住手，殺人會有麻煩！」阻止我失控的行為。

我也是！我也是！早就決定這輩子只要認真展望未來，做為一個身心健全的人類活下去。

可是……不可能忘記的。這個在上輩子交戰無數次的男人。

「所以用不著那麼緊張。我不是說過了，我來這裡是為了幫你們獲得幸福的。」

「在你出現之前，我們已經過得非常幸福了。」

「是嗎？那為什麼……」

氣氛驟變。

那傢伙緩緩站起身，將纖長雙眼瞇得更細。

「為什麼你們要撒謊呢？」

聽到這句話，我們三人各自展現出不同的反應。

原本態度淡然的由理，肩膀突然一震。馨詫異地皺起眉頭……我則是目不轉睛地狠瞪著他。

「嘴裡說想要獲得幸福，實際上卻隱瞞了前世非常危險又重大的事實。我就是來揭露那些謊言的。」

「別這樣。」

「茨姬，妳的罪孽最為深重。」

不等他講完，我就舉起拳頭狠狠朝眼前桌面搥下。

「不要再說了，安倍晴明……」

我的話裡蘊含深厚的力量，瞪著那傢伙的眼神跟前世毫無兩樣。

不過，對方也毫不退讓。那個男人的目光靜靜凝視著我。

跟企圖奪取彼此性命……那個最後的瞬間，一模一樣。

馨仍舊緊皺眉頭，在旁邊沉默地望著我。

「呵呵，茨姬，妳追尋的『理想國度』，究竟是什麼模樣呢？是在充滿虛偽謊言的幸福中，以人類女子的身分度過一生嗎？儘管如此，上輩子的業障看來正要將你們拖上這一世的舞台喔。」

所有人都猶豫著是否該開口。

似乎只要說出一句話，就即將引發什麼事件。

「算了，沒差。就算我不直接揭露你們的『謊言』，星象變動的瞬間遲早會到來，宿緣這種東西是躲不過的。」

「……」

「啊，對了。換個話題，我想要幫你們幾個開特別課程。」

「啊？特別課程？」

叶老師突然將白板上的內容全部擦乾淨，重新寫上今天的主題。

「你們應該不太清楚吧？每個人的『靈力值』。」

然後，他從白袍內側掏出幾張陳舊的紙片，攤開擺在桌上。

他說那是用來模擬式盤的手寫紙片。

「我幫你們分別測一下『靈力值』，知道這個沒有壞處。只有這一點，是比你們的時代進化相當多的領域呢。」

「這一點的確如你所說。但叶老師，你知道這個要做什麼呢？」

「……不愧是公任大人，相當謹慎。」

叶老師稱呼由理時，依然加上了「大人」。

因為藤原公任和安倍晴明在千年以前，可說是上司與下屬的關係。

這麼說來，我想起茨姬在變成鬼之前，因為藤原公任的吩咐，一直都受到安倍晴明的保護。

「你們或許沒辦法相信我，但不曉得這一點對你們來說也可算是種危險。在現代的陰陽界，從這個數值就能得到相當多資訊。」

我們三人望向彼此，內心似乎各有打算。「我要測。」「……我也是。」馨和由理都接受了，所以我也跟著點點頭。

畢竟上次測量靈力值時，我把式盤砸爛了，結果沒測成。

「那麼你們各自拿一張紙，在中間空白的地方滴上自己的血。如果不想被我知道結果，就將那張紙對折兩次再放到桌上。」

我們按照他的話做。

咬破手指讓鮮血滲出，再按上紙片正中央的圓，接著將印上血印的紙張折成四分之一大小，擺上桌面。

叶老師俐落地手結刀印。

「恭請五陽靈神，宿曜、宿妖、其高靈呀。揭露天器之血，顯現於此——急急如律令。」

他低聲誦念咒語後，將指尖對準紙片。

瞬間，每張紙片上都浮現閃閃發光的金色五芒星，邊緣驀地出現燒焦痕跡。

這個五芒星也因為安倍晴明而稱作晴明桔梗印。

「已經好了，打開紙片看看吧。」

叶老師周到地轉身面向後方。我們紛紛打開紙片，各自確認自己的數值。

茨木真紀　　三三〇〇〇〇〇 ry

天酒馨　　一九九〇〇〇〇 ry

繼見由理彥　一〇二〇〇〇〇 ry

「咦咦！」

馨探頭過來看到我的紙片，不禁發出莫名驚愕的叫聲。

「為、為什麼？為什麼妳的數值高得這麼不像話！」

「我……我哪知道呀。」

「我才馨的一半而已……」

初次得知自己的靈力值，我們各自展現了不同的詫異反應。

理由我明白。

因為我們過去一直認為，三人上輩子是力量在伯仲之間的大妖怪。

「我不用看也大概曉得。茨姬超過三百萬，酒吞童子在兩百萬上下，公任大人差不多是一百萬左右，應該是這樣吧。」

「！」

這傢伙是怎樣，他有超能力嗎？

不，不過是最強的陰陽師罷了。

「你這傢伙，剛剛還說不會看，結果還不是用了能讀取我們紙片的術法。」

「酒吞童子，你少找碴。像我這樣透徹了解妖怪以及靈力值系統的人，就能計算得出來。」

「計算？」

「原本靈力這東西，不過是種『燃料』罷了，個體力量則會因技術和能力等原因相差甚遠。在妖怪裡，『鬼』這一類的靈力值偏高，像鵺這樣的『靈鳥類』，靈力值就是比鬼低，但另一方面油耗也低，消耗量小。大概是這樣吧。」

「……哦。」

回過神來，才發現我們剛剛聽他的話聽得十分專心。

「算了，你們看這個。」

叶老師開始在白板上畫圖。

是三角形的金字塔。他接著從白袍內掏出伸縮教學棒，敲了敲圖，一副老師授課的神態開始說明。

「你們應該曉得吧，陰陽局將歷史上能夠觀測到的妖怪，劃分成不同等級。你們是S級以上的大妖怪，特別是茨姬和酒吞童子，是在歷代也只有發現五隻的SS級大妖怪中的兩隻。」

「……那個分類和靈力值有關嗎？」
心思敏銳的由理出聲詢問。叶老師點頭回「嗯」。
「首先，ＳＳ級大妖怪是靈力值超過一百萬的存在，要說這是多麼異常的情況……」
他在金字塔的頂點，寫上「靈力值超過一百萬的ＳＳ級大妖怪」。
接下來是「超過十萬的Ｓ級大妖怪」。
然後，高於一萬的是Ａ級妖怪……以此類推繼續寫上Ｂ、Ｃ、Ｄ等。
「用看的就曉得了吧，Ｓ級和ＳＳ級之間的差距很大，有道無法跨越的屏障。ＳＳ級大妖怪就是如此特異。好，那我要考你們了──」
不曉得他要考什麼，但叶老師使勁地用教學棒敲著白板。
「等等，那為什麼由理……『鵺』沒有被分成ＳＳ級大妖怪？」
確實，馨的疑惑合情合理。
明明由理的靈力值低空飛過了一百萬的門檻。
「要問為什麼，那是因為真面目是鵺的藤原公任大人做為一個人，從來不曾傷害過人類。而且，如果當時的陰陽寮並沒有保存到那隻大妖怪肉體的一部分，那就連概略的靈力值也無從知曉。」
他的回答相當耐人尋味。
我們想問的問題多得像小山一樣，但這時叶老師叫了一聲「糟糕」，低頭看錶後便著急起來，快步朝門口走去，身上白袍隨著他的移動在空中飄揚。

「我還想再跟你們多聊一些上輩子的事，但現在得去開會了。老師這個工作，要做的事實在有夠多，麻煩死了。那麼，今後也請多多指教囉，各位。」

「……居然說多多指教。」

叶老師離去前，回過頭定睛望著我們。

「最後我再重申一次，我是為了揭露『三個謊言』，讓你們獲得幸福才來的。這就是我的宿命。我是不會手下留情的，你們最好牢牢記住這一點。」

再度強調完自身立場，他就「砰」一聲關上門，喀喀作響地踩著皮鞋離開。

直到漸漸遠去的腳步聲完全消失為止，我們都呆愣在原地。

他雖然說要幫我們獲得幸福，但那副姿態簡直像在下戰帖。

太過單方面了，根本搞不懂他葫蘆裡賣什麼藥。

在暴風雨過後的寂靜中，從剛才臉色就相當難看的馨率先開口：

「欸，那傢伙講的，我們的『謊言』，是指什麼呀？」

「……」

「我完全沒有頭緒，你們兩個知道些什麼嗎？」

我完全無法回答這個問題，從剛剛就只是一直沉默地低垂著頭。

馨肯定沒有漏看我的表情。絕對不可能。

「欸，真紀，妳看著我的臉。」

我沒辦法看他。

「妳……」

就在那瞬間，由理「啪」一聲地拍手，打破現場僵局。

「謊言嗎？」

他將手擺在下巴上，半是嘆息地苦笑。

「那是難免的吧，我們各自都有許多彼此不曉得的事。畢竟，前世死去的時期和懷抱的信念都不一樣呀。」

「可是由理，這我們不是已經在民俗學研究社討論過了，還整理出一個事件表，一起確認過了嗎？你是說即使如此，還是有彼此不知道的事情？」

「馨，畢竟我們終究是外人啊。」

由理這句話聽來冷酷，卻是不爭的事實。

「總會有些不希望別人知道、不想說的事情。我自己倒是記得，我有為了避免觸及這些事而說謊喔。真紀大概也有。然後，馨，你肯定也是吧。」

「我哪有對你們說謊……」

馨握緊拳頭，一臉完全無法接受的表情。

別看他這副德性，其實馨是個相當誠實的男人。他認為自己沒有說謊，而且不想承認自己深信不疑的人們，居然會對自己撒謊。

這一點我也相同。我雖然清楚自己的「謊言」，但不曉得他們的謊言。

我不明白。

「現在就先這樣吧。有什麼關係，就算有謊言，但我們的關係和日常生活也不會改變。如果有一天，那些謊言將攤在陽光下，促使情況發生變化，那就到時候再來面對。叶老師講過了，星象變動的瞬間遲早會到來。」

接著由理拋下一句：「修學旅行的委員會快開始了，我要先走囉。」就離開社辦。

雖然這是常有的事，但現在讓人感到些許寂寞。

因為每個人內心都有些無措。

「欸，真紀，妳也有對我撒謊嗎？」

「……嗯。」

我低聲淡淡應答。

「這樣呀。」

馨的回應也頗為冷淡。

那種回覆方式，就像是明瞭即使追問，我肯定也不會回答。

即使如此，馨平靜但確實深受打擊的語氣，令我的胸口隱隱發疼。

為什麼？明明大家一直相處融洽，幸福地活到今天。

為什麼你要突然出現在我們眼前，揭露我們為了維護幸福而說的謊？

千年前的仇家之一，陰陽師安倍晴明——

那天回家的路上，氣氛十分沉重。

我就走在馨身旁，但兩人幾乎沒有交談。平常生活中也常會出現沉默的瞬間，但今天不曉得為何令人非常不自在。

「欸，馨，你今天想吃什麼？」

「……隨便，煮妳想吃的就好。」

「我、我要煮你喜歡吃的菜！」

我語氣激動地強調，所以馨好像發現剛剛的回應太冷淡，一臉尷尬地搔搔後腦杓。

「……不然就那個好了，炸火腿排。」

「炸火腿排？用魚肉火腿做的那個嗎？」

「就是那個，妳想的省錢菜色之一。之前不是有趁特價時買魚肉火腿嗎？我想吃用那個做的炸火腿排，再淋上醬汁，配上一大堆高麗菜絲。我現在想吃那個。」

我想的省錢菜色……

馨現在想要的，真的是平常就在吃的簡樸食物。

「那我去打工囉。」

「……嗯，要認真工作喔。」

在家門前道別後，馨快步離去，離我越來越遠。

馨的背影透露著他內心的掙扎、疑惑，還有無盡的落寞。

我對他說謊，讓他很失落吧。因為不管怎麼說，馨肯定一直都認為我們是彼此毫無隱瞞的關係。

即使明瞭這一點，我還是無法坦承自己的「謊言」。真是個過分的老婆。

「啊，大姊，妳回來啦。」

我爬上公寓階梯後，看到房間前有團咖啡色毛球。不對，是一隻狸貓，懷裡捧著一個小小的竹簍等在那兒。

是住在隔壁的田沼風太。

他是隻豆狸妖怪，不過平常都化為人類模樣，盡情享受多采多姿的大學生活。

「風太，怎麼啦？怎麼在外面？」

「我正好過來大姊家，想分一些人形燒給妳。老爸剛剛拿了很多在地區自治會收到的茶點過來，我想說小麻糬很喜歡吃這個。來，元祖木村屋人形燒本舖的喔。」

風太朝我遞出竹簍，裡頭擺著好幾個鴿子、雷神、燈籠、五重塔等形狀不一、淺草特有的人形燒。

「哎呀，真謝謝你，小麻糬會高興到飛上天……話說回來，風太，你今天為什麼不是人類姿態，是狸貓的模樣呀？」

「我有點宿醉……昨天社團聚餐喝太多了，還好今天學校沒課。我只要宿醉太嚴重，人形偽裝就會自動解除。」

確實，風太這隻狸貓，現在仍是渾身酒臭、一副虛脫無力的樣貌。

但他即使宿醉還是特地拿人形燒過來給我，該怎麼說才好呢，真是友善又熱心的豆狸呢，好可愛。我忍不住伸手摸摸他咖啡色的後背。

「風太，喝酒要小心點喔。酒對妖怪的靈力影響很大，喝酒時還是要克制點，免得在人類前面露出馬腳。萬一露餡，一切就太遲了。」

「大姊，我曉得啦。不過居然被只是高中女生的大姊叮嚀要少喝酒，總覺得好怪喔，超有罪惡感的啦～」

「哎呀，我也是喝過酒的。啊，當然是上輩子的事啦。畢竟我老公可是很愛喝呢……」

那個大江山的酒吞童子，人如其名，喜愛喝酒的程度無人可及，非常出名，甚至還在大江山建造了一座氣派的酒廠自行釀酒。

現在馨是不能喝酒的高中生，所以總是喝可樂代替。

「小麻糬～我回來了～」

跟風太道別，打開自家公寓房門後，已經能夠獨自看家的小麻糬叫著「噗咿喔～」，跑出來迎接我。

小麻糬是化成帝王企鵝雛鳥的月鶇妖怪。

他手裡還緊抓著小嬰兒用的毛毯不肯放，拖著毛毯跑過來的身影，說有多惹人憐愛就有多惹人憐愛。

「噗噗噗、噗咿喔、噗咿喔～」

小麻糬有事想告訴我的樣子。

「嗯？小麻糬，怎麼啦？」

什麼事呀？我帶著疑惑走進客廳，發現小麻糬平常玩水的檜木桶裡有個東西。

仔細一瞧，有個像是大顆水饅頭的東西在水面上漂浮著。

「什麼呀，這個像史萊姆的傢伙……難道是水母？不，似乎不太像。」

我正打算伸手去摸時，那東西就渾身一震，飛出水面飄浮在空中。

圓形頭部時而膨脹、時而縮小，像水母般圓滾滾、輕飄飄的透明水滴。

「嘻嘻。初次見面，茨木童子大人。我是侍奉京都貴船的水神高龗神大人的水精靈。」

「咦？貴船的高龗神？」

我大吃一驚。貴船的水神高龗神，是坐鎮於京都貴船山的貴船神社的主祭神。

祂長年守護貴船水源，是一尊十分偉大的水神。

水精靈從身體伸出滑溜觸手，將一張紙遞向我。

「高龗神大人有信要給妳，嘻嘻，茨姬大人請收下。」

對我跟馨，不，對茨木童子和酒吞童子來說，高龗神非常重要。我們在前世受盡祂的關照。

我先感謝地收下那封信，恭謹地拆開，再將裡頭的紙張攤平。

輕薄和紙上看似什麼都沒寫，但一將紙張浸到桶裡的水中，文字立刻浮現。

現在，就去貴船吧。

「……這是什麼露骨的宣傳呀。高龗神現在是貴船的觀光大使嗎？我有種被神明威脅的感覺，好像在說：『妳活著吧？我知道囉，快給我過來貴船。』」

「嘻、嘻，高龗神大人是想早點見到妳。祂聽到茨木童子轉世的消息，立刻喜極而泣，哭得一把鼻涕一把眼淚。還有……其實，高龗神現在遇上一個問題。」

「問題？」

「嗯，其實最近高龗神大人漂亮的鬃毛遭人拔去一部分，缺了一小塊。」

「咦……也就是說，祂有圓形禿嗎？」

「嘻嘻！怎麼可以用圓形禿來形容高龗神大人呢……不過，確實就是這麼回事，禿就是禿，那個地方還化膿了，大人說，希望借助茨姬的力量解決這個問題。」

「原來如此……要是貴船河水因此變混濁就不好了，真的是大問題呢。」

我取出紙筆，動手回信。

高龗神，好久不見。

我呀，現在不是茨姬了，名叫茨木真紀。

聽說祢現在有圓形禿？

不久之後我們修學旅行會去京都，到時會順便去貴船一趟。

只要是祢拜託的事，我赴湯蹈火在所不辭。

啊，謝禮就用美味的川床料理好了，要準備好等我去喔。

「嘻嘻。不愧是茨姬大人，如謠傳的一樣，不會免費出賣勞力。」

「當然呀，就算對方是神明也一樣。」

我將寫好的信紙裝進信封，遞給水精靈。水精靈伸出觸手接過信封，高興地微微晃動。

「話說回來，你居然找得到這裡耶。」

「嘻嘻，其實是湊巧。我只知道妳在淺草就來找人了，但半路身體乾涸，正四處找水時，從這間房間的窗戶外面看到裡頭有隻胖雛鳥在游泳，就稍微進來叨擾一下。」

「胖雛鳥……」

被人家叫胖雛鳥的小麻糬，眨著清澈無邪的雙眼，在我身旁啪一聲坐下，叫著：「噗咿喔～？」歪頭疑惑。

充分在水中浸潤，已經恢復精神的水精靈說完「當天等妳大駕光臨」之後，在窗邊融化開來，從窗戶縫隙穿出去。

水精靈滑溜地鑽到外頭後，又變回圓球狀飄浮在空中，出乎意料地行動相當迅速，等我注意到時，早已飄然遠去。

「噗咿喔～噗咿喔～」

客人離開了，所以小麻糬戳了戳我的腳，要我抱他。

我一把抱起那團灰色毛球，他就挨到我身上磨蹭，嘴巴一張一闔，還含住我的頭髮。真是愛撒嬌呢，太可愛了。是說，確實有一點重……

「小麻糬，你肚子餓了吧？剛剛風太送我們鴿子形狀的人形燒，一起吃吧。」

「噗咿喔、噗咿喔！」

淺草名產多到數不清，不過人形燒應該算是其中相當主流的一項。

直接吃當然也十分美味，但我們家的吃法是先用小烤箱烤過。

「小麻糬，你喜歡鴿子是吧～可是鳥類夥伴會互相殘殺嗎？啊，這種事就別在意了，我也看過魚妖吃鯛魚燒嘛。」

我將小烤箱烤過的人形燒吹涼才拿給小麻糬，他從鴿子尾巴那端開始咬起。

「小麻糬呀，你跟馨一樣都是從尾巴開始吃耶，要我絕對會從頭咬起。吃鯛魚燒也是一樣，而且我會狠狠大口咬斷。你和馨則都是慢慢啃食折磨對方的類型呢。」

哎呀，剛講完像妖怪一樣的殘忍發言後，我也從鴿子人形燒的頭部大口啃下。因為用小烤箱先烤過，表面微帶酥脆焦香。麵粉的香氣十分樸實，但高雅的甜味恰到好處，和紅豆餡的平衡也極為出色。

就是要這樣嘛，淺草的人形燒。一個分量不大，不管幾個都吞得下。

「留三個給馨好了，他也喜歡吃。」

「噗咿喔～？」

「嗯？什麼？你是說我居然會留這麼多個給馨，好稀奇嗎？」

小麻糬用力點了點頭，圓滾滾的可愛眼睛有些擔心地晃動。

「你說我沒有精神嗎？是呀……都是我不好，讓馨受傷了，但我不曉得該怎麼辦才好。」

小麻糬用翅膀尖端輕輕摸了摸我的額頭。

溫柔的好孩子。小麻糬這副模樣實在惹人疼愛，我忍不住把他緊緊抱在胸前。

「對了，小麻糬，你喜歡的卡通是不是快開始了？《忍者丸仔》。」

「噗咿喔、噗咿喔！」

小麻糬很迷傍晚幼教節目裡的卡通，為了看卡通立刻打開電視。

傍晚的綜藝節目畫面突然在螢幕上亮起，但跑馬燈上用巨型字體寫的是，因為演藝圈某對知名夫妻離婚而引發話題的「熟年離婚」幾個字……

『長年一起生活、感情和睦的夫妻為何離婚？』

『好像是察覺到一次謊言或出軌後，從此無法忘懷，隨著年歲增長，內心掙扎益發強烈，某天突然就爆發出來。』

『最近不僅是女性，也有很多男性開口提出離婚～』

「……」

這是什麼呀？為什麼在這個時間點讓我看到這個？

「謊言嗎？」

不過這也沒錯，任誰都會遭謊言所傷。無論謊言內容為何，身為夫妻，對方卻撒謊這個事實，就讓人深受打擊。

我只是一個人類。轉世投胎成這個姿態，和上輩子的老公馨重逢……

我想再次和這個人相戀相守，幸福地共度一生。為了守護這個理所當然的夢想，我對上輩子的事撒了瞞天大謊。

可是，今後我也沒有打算要對馨坦白。絕對沒有。因為，那是……

那是——

〈裡章〉馨對三個謊言的思考

我的名字是天酒馨，由千年前稱作酒呑童子的鬼轉世而生，但現在只是一介平凡高中生。

真紀剛剛的樣子很奇怪，太明顯了。

在安倍晴明的轉世——叶說我們「撒謊」後，她立刻臉色發白，似乎非常害怕那個謊言被揭穿、抗拒更多追問似地靈力緊繃不已。

光是這點，就能知道那個男人說的話是真的。

由理也沒有出聲否認。那傢伙也有對我說謊。

「三個謊言嗎……？」

我也有什麼重大的「謊言」嗎？

但只有我完全不曉得自己的謊言是什麼。

打工時心情也一直悶悶的，一直在想，我的謊言到底是什麼呀？

撒謊這種事，每個人肯定都做過，就連我也會瞞著真紀偷偷出遠門，獨自跑去看有興趣的電影，也會偷買昂貴的東西。

謊言偶爾是必須的，但叶所說的並非這種白色謊言吧？

而且……

似乎有什麼事，只有真紀和叶才知道。

要說我不在意，那就是在騙人。雖然能夠料想到謊言的內容肯定跟殺伐脫不了關係，但就算這樣，那兩人原本……

原本，安倍晴明是守護著茨姬的人物。

無論酒呑童子去找茨姬多少次，她身邊隨時有晴明堅固的結界保護著，也從不曾接受我的邀請踏出結界。因為，我畢竟是個鬼。

「正因為如此……茨姬遭到原本深深信賴的人背叛，陷入無盡的絕望。」

晴明所保護的，是身為人類的茨姬。

對於化為鬼的她，那傢伙、那些傢伙將她關在牢裡，打算殺了她。

她虛弱到極點，真的差點死掉。她的身心都破碎不堪，為了找回活下去的動力，當時花了多少時間呀。

你曉不曉得啊？安倍晴明。

我到現在都還記得一清二楚，你們打算摧毀那個柔弱夢幻的女鬼身影。

但她從谷底爬起來，成為堅強的茨木童子這個鬼。

「喂！天酒！牛舌燒焦了！」

「啊，抱歉，大和。」

我正在淺草寺境內的攤子打工，是一家販售厚片牛舌串燒的路邊攤。

我烤的牛舌多汁又香氣濃郁，恰到好處的鹹味會勾人上癮，相當受到好評，但現在卻不小心讓一串牛舌的側邊燒焦了。

「真稀奇耶，天酒居然會發呆，而且你從剛剛嘴裡就一直念念有詞。」

「不好意思，家裡有點狀況。」

「家裡……你、你該不會是和茨木吵架了吧？」

脫下平日的西裝，一身工作服打扮的大和，臉色稍微泛青。

大和是「淺草地下街妖怪工會」的老大，今天來淺草寺角落的攤子做生意。因為淺草的妖怪們也都來擺攤了。

我有時會受大和之託，在這一帶的攤販打工。

「你和茨木居然吵架，淺草要滅亡了。你給我聽好，大酒，就算你認為自己沒錯，也先去道個歉比較好喔。老爸生前也常向強勢的老媽低頭。」

「我沒有跟真紀吵架啦。只是，有點……該怎麼說呀，只是有點尷尬而已。她好像有祕密沒跟我講。」

「祕密？沒跟你講？」

大和一臉不解的神情，不一會兒，他語重心長地說：

「女人的祕密就是潘朵拉的盒子喔，有時候不要打開可能會比較幸福。」
結果他說了這般莫名其妙的話，想要安慰我。
我輕嘆口氣。就在這時候……
「那個，可以買一根牛舌串燒嗎？」
「啊，好。謝謝您的……」
在攤子前點了牛舌串燒的男人，讓我大吃一驚。
這個西裝眼鏡男，是陰陽局的退魔師青桐。他為什麼會來這種地方？
「嗚哇，青桐先生！」
最驚訝的是身旁的大和。
淺草地下街的大和組長和陰陽局的青桐應該見過彼此吧。
「你們好，淺草地下街的兩位。最近天氣有點涼了，但你們真有幹勁呢。」
「沒有啦～我們只是站在炭火前，很暖和呀。」
兩人說著不著邊際的客套話。算了，沒差，我沉默地烤著牛舌。
「請用，一根是四百日圓。」
「啊，好，謝謝你。」
青桐買了牛舌串燒後，轉身說「給妳」，將串燒遞給一直安靜站在他身後的高個子女性。
褐色肌膚，波浪捲的黑髮。

那是之前真紀救過的女狼人，魯卡魯。

魯一看到牛舌串燒，水藍色雙眸立刻靜靜閃出光采，忘我地開懷大嚼，雙頰都鼓起來了。果然是隻狼。隱約可見的蓬鬆尾巴左右搖晃著。

青桐微笑望著她這副模樣。

先前在學園祭引發大騷動的魯，受陰陽局收編，乍看之下似乎一切發展順利，但也可能只是在馴養她。

「對了，天酒，你似乎快去京都修學旅行了呢。」

「咦？啊，對……是這樣沒錯。」

我淡淡地回應。青桐凝望著秋風吹拂的遙遠西方說：

「那麼，我給你一個忠告。京都那邊現在頻頻發生妖怪遇上『神隱』的事件。像你們這樣擁有莫大力量的年輕人，或許會被捲入什麼事情中。」

「神隱？之前你說過最近常有妖怪失蹤，或失去身體的一部分，跟那有關係嗎？」

「我認為並非無關。萬一遇到這類情況，請小心不要涉入太深。那裡可不是人類和妖怪和睦共處的淺草……而是自平安時代起就不曾改變的魔都。」

青桐推了推眼鏡，鏡框閃著詭異的光芒。

「你為什麼要告訴我這些？」

「因為你是茨木的騎士呀。」

「啊？騎士？」

那是什麼意思？真要說的話也是老公吧……咦？我剛剛自己這樣想了嗎？

「青桐，時間差不多了。要是遲到，總部那些傢伙又要發飆。」

「唉呦，魯，那樣情況就糟了！那我們先走了，啊，京都的伴手禮只要生八橋就好。」

「什麼？我又沒有義務要買伴手禮給你們！」

「馨。」

臨去前，魯回過頭，洋溢著異國情調的水藍色眼眸緊緊盯著我。

「要保護真紀。」

「……」

什麼呀。這種事不用妳說我也很清楚。

我目送著突然跑來講些莫名其妙的話又迅速撤退的他們，再度陷入沉思。

「這麼說來，那個橘子頭不在耶……」

「津場木茜？」

「大和，你知道他嗎？」

「算是，津場木家是關東出名的退魔師名門呀。」

陰陽局的傢伙回去後，大和明顯鬆一口氣，繼續往下講。

「特別是茜，自幼天分就備受期待，是個不可多求的人才。津場木家跟原本也是名門卻漸漸式微的灰島家不同，至今依然壯大。我記得茜的靈力值超過十萬吧，不像我連一萬都沒有耶。」

大和好像陷入自己並非光榮後繼者的自虐心態中，所以我瞄了他一眼。

像這樣待在攤子前的時候，他就是一副攤販老闆的模樣，但這個人有時看起來會像隨處可見的年輕人，不太有自信呢……

「大和，你不也在淺草努力嗎？為了淺草妖怪，拚命做一些原本可以撒手不管的工作。」

「……這是在誇獎我嗎？」

「嗯，算是。我認為淺草需要的是像你這樣的人類。」

能夠統整淺草妖怪的，是像大和這般充滿人情味、受到妖怪愛戴的人類，而不是擁有強大力量，會殺害妖怪、強迫妖怪聽話的人類

「需要巨大力量時，有我們在呀。萬一發生什麼事，不管我、由理、真紀都會願意助你一臂之力，那就是你厲害的地方。」

「這、這樣嗎……？我居然被年紀比我小的高中生安慰了？算了，沒關係啦。」

他在炭烤鐵網擺上好多牛舌串燒。

肉汁滴落，令人垂涎的香氣更加濃郁。

「大和，你烤那麼多會賣不完喔。」

「那你帶回去不就得了？給你老婆吃呀。」

「說什麼老婆……」

打工也快結束了。大和特地挑在這時開始烤一大堆牛舌串燒，就是要給我帶回家跟真紀一起吃的吧。

「那傢伙會高興嗎？」

牛舌是真紀最喜歡的食物之一。今天發生了很多事，如果她大口吃肉之後能恢復精神就好了。

我也就保持平常那樣吧。即使心中有點在意，但我們的關係和日常生活都不會有所改變，往後也永遠都是這樣。

「……嗯？」

咦？我們住的公寓「野原莊」前面，停著一輛有黑色烏鴉標誌的搬家卡車。似乎有新的妖怪住戶搬進一樓的房間。

哦，在這種時期搬家呀？我邊在內心嘟囔，邊爬上側邊樓梯，朝真紀房間走去。

按下門鈴後，真紀很快就來開門。

她一臉擔憂地觀察我的表情，我一如往常地說「我回來了」之後，她開心地回：「歡迎回來！那個，我會做很多你說想吃的炸火腿排喔。」

「喔喔，超期待的。啊，這是加菜。」

「哇！這不是牛舌串燒嗎！啊，還很機靈地連檸檬都買了。」

「牛舌就是要灑檸檬汁，這是常識。那我來用陽台的烤爐重新加熱一下吧。」

接著，真紀走向廚房要去炸火腿排，我則享用著下班後的精神慰藉——罐裝可樂，同時用陽台上的烤爐重新燒烤串燒。

「噗咿喔、噗咿喔。」

「喔喔，麻糬糬，怎樣，你說也幫你烤一下魚嗎？」

小麻糬拿來了一袋喜相逢，所以我也順便放上去烤。

他靠在我的背上，開始玩他喜愛的小汽車。這傢伙最近好像開始對交通工具產生興趣。從他喜歡的東西來看，絕對是公的吧……

在我胡思亂想時，烤爐上的牛舌串燒已經開始冒出香噴噴的白煙，我拿起團扇對著爐火左右搧風。

只要將火腿排和牛舌串燒擺在盛著許多高麗菜絲的大盤子上，原本的廉價料理和別人送的剩菜，就搖身一變成為有如宴席中會出現的豪華下酒菜。

在碗裡添滿用新米剛煮好的白飯，今天的味噌湯配料是小黃瓜和洋蔥。

我們整理好餐桌，各自坐在自己的坐墊上，雙手合掌說「開動」後，開始動手夾菜。

我先夾起剛起鍋的炸火腿排，沾上少許濃郁偏甜的醬汁，大口咬下。

啊啊，真好吃……魚肉火腿的質樸古早味，加上酥脆麵衣和醬汁這令人上癮的組合，融合成最完美的一道菜。我還喜歡偶爾盛些高麗菜絲到小盤子，淋上一點紫蘇沙拉醬搭著吃。醬汁口味的炸物和高麗菜絲是無敵組合，要我吃幾碗白飯都沒問題。

坐在對面的真紀，神情認真地朝重新烤過的牛舌擠著檸檬。

「啊～光是這個混著肉汁、胡椒和檸檬的香氣，就讓人快瘋了，果然還是要吃好喝好，好好供奉養分給五臟六腑才行呢。」

她豪爽地大口吃下，充分享受牛舌特有的彈牙口感，還有香氣醇厚的肉類滋味。

真紀吃肉吃到雙頰鼓脹的野性姿態，氣勢驚人得像幅畫呢。

「看妳這樣大口咬肉，我就想起從前。過去茨姬喜歡山豬肉，把在大江山抓到的山豬整隻燒烤，配上鹽和果汁一起吃掉。」

「還吃雉雞和青蛙呢。」

「青蛙……」

「平安時代當時還沒有熬高湯的技術，只能在烤過或煮過的食材撒上少許鹽或醋調味，不過山上的天然食材，光是那樣就非常美味了……」

真紀回想往事，嘴裡仍是不停咬著牛舌。

我喝著小黃瓜和洋蔥的味噌湯。

「……」

我們不經意地陷入沉默，在一片靜默中持續咀嚼著食物，然後，朝對方抬起頭，「真紀」、

「馨」地同時出聲叫對方。

在終於下定決心要開口說出些什麼的這種氣氛中——

叮咚，門鈴在最糟糕的時機響起。

「真是的，搞什麼呀，這種時候來按門鈴。啊，真紀妳繼續吃，我去應門。」

我翻了白眼，搖晃著身體走向玄關。

「來了，什麼事呀？我們家不需要訂報紙喔。」

我出聲敷衍，開門後，眼前是雙手捧著點心，深深鞠著躬的兩位年輕男女……

「我是今天搬進野原莊一〇一號房的獸道虎男。」

「我是獸道熊子，請多多指教。」

他們一直低著頭，看不到臉長怎樣。男生的頭髮有漂過，用老虎花紋的頭巾綁著，身上還披著老虎圖案的皮革外套。而女生在這麼涼的天氣裡，只穿了牛仔短褲。

夫婦？情侶？打扮這麼華麗，姿態卻相當低，講話語調也很老派。

既然會搬到這裡，應該是妖怪沒錯吧？

「謝謝你們的多禮。」

我收下點心後，原本一直恭謹鞠躬的他們才抬起頭來。

「……啊。」

我們盯著對方的臉，那瞬間，不約而同地愣在原地。

三秒，不，大概過了十秒左右，雙方連眼睛都沒眨，只是驚愕地開闔著嘴。

「啊啊啊啊啊啊！」

「唔喔喔喔喔喔喔！」

率先發出驚詫吼叫的是眼前這對男女。

他們驚叫了一會兒後，就在玄關前，氣勢萬鈞地對著我單膝跪地，拳頭穩穩搥上走廊的水泥地面。

那是他們歷久不變，在我面前跪下時的拜服之姿。

「我們等待與您重逢的日子好久了，我的王！」

兩人真正的名字是「熊童子」和「虎童子」。

過去酒吞童子授予的四大幹部中的兩位，遙遠往昔的親愛家臣。

第二章 熊與虎

玄關吵得要命

我正好在餵小麻糬吃烤喜相逢時……

「真紀！喂，真紀！」

剛剛白眼都翻到天花板的馨，滿臉燦笑地走回房間。

我嚇了一大跳，他兩手分別抱著一隻小熊和一隻小老虎。

「太厲害了！是他們！他們來了！」

「他們是指？」

馨居然興奮成這樣。

熊跟虎，該不會……

「難道那隻小熊跟小老虎……是熊童子和虎童子！」

我猜測名字的瞬間，兩隻動物從馨的臂窩中跳出來，砰一聲在白煙中化為人形。

他們在我面前單膝跪地，威風凜凜地擺出拜服姿勢。

「好久不見，夫人！」

接著，抬起淚濕的臉龐，深深凝視著我。

他們外表的打扮就像時下年輕人，但那充滿霸氣的神情，我從不曾忘懷。

過去他們身為酒吞童子的左右手，是揮舞著大斧和釘棍在戰場中衝鋒陷陣的鬼獸戰士。茨姬也受他們多所關照，是老交情了。

實在太令人懷念了，強烈的情感湧上心頭，我「哇」一聲抱住兩人。

「阿熊、阿虎！你們還活著呀……」

「嗯、嗯、夫人，我們從千年前的戰役後，就一直活到這個時代。」

「沒想到還能見到王和夫人，今天真是太開心了～～！」

他們與轉世投胎的我跟馨不同。

和阿水跟影兒一樣，是一路存活到現在的妖怪。順帶說明，他們是姊弟。

「讓我們重新自我介紹一下，夫人，我是熊童子，現在叫獸道熊子。」

阿熊，熊童子，是位身材健美的女性，特徵是健康的小麥色肌膚、豐厚雙唇，還有焦茶色頭髮高高紮成的髮髻。

意志堅強的神情與千年前毫無二致，身上卻像現代人一樣穿著可愛角色T恤和牛仔短褲，模樣十分逗趣。

「我是虎童子，現在叫獸道虎男，呵呵，夫人都沒變呢～」

阿虎，虎童子，過肩的淺色毛髮和千年前完全一樣。蓋住額頭的虎紋頭巾、皮外套、脖子和手指上戴著叮叮咚咚的複雜銀飾，這副打扮也很符合他愛華麗又莽撞的性格。最讓我們安心的是，他現在還是跟最愛的姊姊在一起。

他們並非真正的姊弟，而是結拜情誼。

這對男女之間，擁有不同於我和馨這種夫妻關係的羈絆。

「真紀，他們聽說茨木童子的轉世在淺草，又剛好搬到野原莊來。」

「嗯，沒錯，夫人。我們認為既然妳轉世投胎了，我們的王肯定也轉世成人，而且待在妳身旁吧。」

「但沒想到居然一下子就找到了，原本以為要費上好一陣子呢～」

「阿虎，這太值得高興了，真是命中註定。啊，我們還有截稿日。」

「沒錯，姊姊。搬完家後，也得跟責任編輯大人聯絡。」

最後那段對話，我跟馨是有聽沒有懂……

不過真是可喜可賀。

與老夥伴重逢的喜悅是無可比擬的，馨看起來也相當高興。

後來，他們說什麼家電用品差不多要送來了，慌慌張張地離開。

在各種情緒交雜的這一晚，我和馨決定也去幫忙他們整理東西。

我記得一〇一號房是兩人住的房間，面積有兩個房間大。不久之前裡頭還住了一對年輕夫妻，但小孩出生後他們就搬去其他地方。

「……話說，也太多書和漫畫了吧？」

牆邊擺了整排的書櫃，我從剛剛就一直在排書。

還有兩張大書桌。大台電腦和不知名的扁平用具分別擺在桌上不同位置。

桌旁還斜斜靠著一幅巨大畫框，我忍不住偷看一下。

「咦？這不是馨喜歡的那部少年漫畫的海報嗎？」

名字叫「妖王的弟子」。喔喔～要改編成動畫啦。

這部漫畫最近好像很受歡迎，阿熊和阿虎也喜歡嗎？

印象中是受妖怪們撫養長大的男孩子，和那群妖怪一起制裁壞蛋的正統派少年漫畫。故事設定中，培育男主角的師父，就是強大的酒吞童子呢～

「那個呀，看起來王現在還是被夫人吃得死死的呢。」

「囉嗦，這也沒辦法吧，她是鬼妻呀。」

從玄關傳來男生們的對話。馨，我都聽到了喔。

我將行李接二連三地搬進房裡，一個擺滿全新家具的美麗生活空間逐漸成形。

「夫人，真謝謝妳，幫了大忙。」

「不用客氣，阿熊。互相幫助可是淺草妖怪的座右銘喔。」

「哇，真棒耶，淺草簡直就像那個國度一樣嘛……」

那個國度。她提到的那個國度，就是千年前滅亡的，我們的王國。
「那個，夫人。」
「嗯？怎麼了？」
「我可以摸一下這隻像鬆軟毛球的可愛小朋友嗎？」
阿熊興奮地盯著一直安靜待在我身邊、像毛球般的小朋友——企鵝寶寶小麻糬。今天他不僅被叫胖雛鳥，又被叫像毛球的小朋友。
「他叫作小麻糬啦，大概是公的。」
「隨便啦，真是可愛死了，軟綿綿又毛茸茸的～」
阿熊著迷地戳著小麻糬的臉頰。
這麼說來，她從以前就很喜歡可愛的小動物或小孩子，今天身上也是穿著不知名的可愛角色T恤，看來這份喜好至今仍沒有改變。
小麻糬在初次見面的人面前，顯得有些害羞無措，但沒過多久就對阿熊卸下心防，啪噠啪噠地朝她走近，張開雙翅討抱。
房間大致整理完畢後，我將魚肉火腿排和牛舌串燒重新加熱端過來。阿熊和阿虎的晚餐好像是有大量庫存的微波咖哩包，剛好可以加個菜。
「但是，怎麼會有這麼多微波咖哩包？」
「在購物網站上挑評價好的買回來的，我們不太開伙。」

聽到馨的問題，阿虎一面狼吞虎嚥地大吃微波咖哩一面回答。

「不開伙嗎？但我記得阿熊會煮飯呀？」

「講起來有點不好意思，但我最近幾乎都沒在煮了，工作太忙。」

工作呀。他們究竟是做什麼工作？

「可是每天都吃微波咖哩不會膩嗎？偶爾吃是還不錯啦。」

「微波咖哩是無法離開家裡時的緊急備用食物啦，基本上我們通常還是外食。」

「哦，這麼奢侈呀。」

成天外食對家計應該是相當大的負擔，不過從室內擺設的家具來看，他們似乎過著相當富足的生活。

拆開兩人來打招呼時送的高級點心，吃著裡頭可口的餅乾和巧克力點心，跟我們家拿來的柿種和雷門米香，大家聊了起來。

結果，心情相當愉快的阿虎突然站起來。

「各位各位，請看我這邊聽我講述，大江山酒吞童子繪卷物語。」

他開口講話，語調簡直像浪跡四海的說書人一般。

「時代是平安中期！不僅大火災、大飢荒、流行傳染病反覆肆虐，貴族間醜惡的權力鬥爭又造成他們相繼朝彼此下咒，世局日益混亂，平安京成了充滿各種怨念與詛咒的魔都。正是在這樣的時代，非我族類最容易成為眼中釘。人類將一切天災人禍的原因都歸咎在我們『妖怪』身上。」

阿虎從旁邊紙箱掏出一把大扇子，唰一聲展開，露出上頭寫的書法字「猛虎」，模樣十分瀟灑，和阿熊一搭一唱地輪流講述。

「像是吸引了所有咒念誕生在這個世上的，沒錯，就是我們的王──酒吞童子大人。」

「他生為人類，卻在命定時機成為鬼。酒吞童子大人施展極為少見的巨大力量，拯救那些遭人斷定為惡徒的平安妖怪們。」

「正是。我們熊、虎童子，連同夫人茨姬大人，都是受酒吞童子大人救了一命的妖怪。」

他們講述的口吻營造出一種不可思議的氛圍，讓人彷彿真的聽到琵琶樂音。

腦海深處浮現的畫面是，武將直垂裝束下襬迎風飄揚，凝望遠方的那位鬼王。

「如此這般，我們的王──酒吞童子大人想要拯救這世上所有異類，在大江山建立一個巨大的妖怪桃花源『狹間之國』。以酒吞童子大人的四大幹部和茨木童子的四眷屬為核心，這股勢力日漸增強……可是！」

講到這裡，阿虎啪一聲闔上扇子，扇子尖端在空中俐落劃出一道弧線。

「朝廷不會坐視那股勢力不管。那些傢伙命令當時最強的陰陽師安倍晴明，還有稱霸那個時代的退魔武將源賴光及四天王，殲滅大江山全體妖怪，除去酒吞童子！」

「啊啊，太可恨了，真是太可恨了。我們的國度原本受到堅固結界的保護，都是因為『卑劣背叛者』暗中準備的毒酒『神便鬼毒酒』，使得結界崩毀，賴光的軍隊便趁機長驅而入。」

酒呑童子

《四大幹部》

熊童子
虎童子
生島童子
水屑

茨木童子

《四眷屬》

水連
木羅羅
凜音
深影

養子、其他眷屬

牛鬼牛御前
豆狸丹太郎

源賴光

《四天王》

渡邊綱
坂田金時
卜部季武
碓井貞光

安倍晴明
藤原公任
藤原道長

一条天皇

那是距離現代相當遙遠的過往故事。
幻想，大江山酒呑童子繪卷。
但也是深深扎進我們內心，千年前的事實。
無法忘懷，也不願忘懷。
讓每個人都品嘗到無盡懊悔，內心依舊掙扎糾結的戰役，還有背叛……

「熊、虎，你們講得很熟練耶。」
他們講述的方式像個演員。比起內容，馨似乎更在意這點。
阿熊和阿虎對看一眼，點頭回答「嗯，那是當然」。
「在千年前的那場戰役，我們與賴光四天王中的『坂田金時』對戰時輸了，被封印在岡山的阿部山，但有一天那個封印突然解開——」
「那時，時代已經來到明治年間，我們對於酒呑童子的故事因人類維護自身利益而遭到任意竄改感到很痛心，為了今後也不要忘懷酒呑童子大人的悔恨，便以旅行說書人的身分持續講述真正的故事。」
「但光是這樣，根本沒人要聽我們講故事。那時我們就想，要配合時代潮流，成為最能夠影響人類大眾、傳達事實的布道者。」

「所以你們到底是做了什麼？」

我開口追問後，阿熊和阿虎突然扭捏起來。

「你們是怎麼了？」

阿虎緩緩將貼著海報的那個畫框舉起來，轉向這邊。

啊，是我剛剛看到的那個少年漫畫的海報。

「啊啊，這我曉得喔。我每個星期都會買週刊來看，搞什麼呀，你們也喜歡這部作品？等等等一下，要出動畫了？」

「等等，馨，你冷靜點。你不是每個星期都在看，怎麼不知道要改編成動畫？」

「這消息還沒有公布吧？等一下，這上面居然還有獸道老師的簽名，太……咦？」

獸道？

我和馨互看一眼，接著又轉向阿熊和阿虎。

兩人相當自豪地點頭，露出無與倫比的得意神情。

「嗯，沒錯。」

「我們就是漫畫家『獸道』。」

「……」

咦咦咦咦咦咦咦！

慢了一拍，我和馨都反射性地從暖桌裡跳起來站起身。

「我崇拜的獸道老師現在就在我面前嗎？而且是我以前的部下？等一下！我現在好混亂……」

「欸，馨、馨，雖然我有點搞不清楚狀況，但先跟他們要簽名比較對吧？」

這兩人說，他們想讓通常被當作壞蛋的酒吞童子，以曾受到讀者愛戴的帥氣角色登場，以提升形象。

結果，漂亮地讓本人上鉤了。是說像馨這種擁有少年情懷的讀者應該相當多，所以這股影響力可說是無遠弗屆。

「主要是由姊姊負責故事內容，我來作畫，不過姊姊也會當助手幫忙畫，而且帥哥角色交給姊姊負責比較好。我們兩人合體成一位漫畫家。」

「沒錯，獸道所描繪的《妖王的弟子》，就是我們為了讓酒吞童子大人的悔恨和信念能流傳後世才創造出來的作品！目前出版十二集，累計銷售量達到四百萬本，是全國少年們讚頌友情、努力、勝利還有愛的聖經！」

兩人以閃閃發光的表情，向馨報告成果。

馨既訝異又興奮，情緒太過高昂，從剛才嘴巴就不停開闔，接著突然衝向兩人，摸摸他們的頭。

「這個，該怎麼說，你們實在太棒了！原本就是一對相當能幹、不管教你們什麼都能學會的優秀姊弟，現在也是靠自己的力量，懷抱著信念而活。要成為漫畫家可不是那麼容易的事，更何況是超級炙手可熱的暢銷漫畫家！」

「嗚、嗚、我的王……」

兩個成年人受到高中男生的誇獎，還被他摸頭，並且露出一臉無限感慨的畫面，實在非常超現實，但他們之間存在著僅有彼此能明白的羈絆和主從關係。

馨又對兩人說：

「但是，現在我就如同你們所看到的，已經投胎轉世成為一個人類，甚至連妖怪都不是了。不要太過執著於過往酒吞童子的意志，你們要為了自己畫漫畫喔。我每個星期都非常期待看到新連載呢。」

「嗚、嗚、感激涕零～～」

「這句話我們承受不起……但是，其實呀，我的王，我們的野心微妙地偏掉了。」

「嗯？這樣嗎？」

「原本應該要讓酒吞童子大人當主角的，但遇上困難。」

「說的也是耶。明明是在講酒吞童子的故事，為什麼主角是人類男孩呀？」

我也對這點抱持疑問。

阿虎輕輕搔頭，繼續說：

「那個呀……夫人，少年漫畫有所謂的王道，一個能讓讀者輕易投射自身情感的主角非常重要。責任編輯說，如果以妖怪為主角，難以獲得讀者認同，冷酷風格的美男子設定也不像少年漫畫雜誌的主角，就叫我們改成配角。」
阿虎把漫畫封面排出來，指著一個像是酒吞童子的帥哥。
啊啊，雖然角色的外表確實是偏向漫畫風格，但人物設計令人不禁想起過往的酒吞童子。話說回來，畫得真好。他們是職業漫畫家，畫得好是理所當然，但究竟是花了多少時間和心血，才練成這樣的技術呢？
這次換阿熊接著說「所以……」，伸手指向封面上的一個紅髮少年。
一臉狂妄，長得就像主角的傢伙。
「我們就試著將過去酒吞童子大人的夫人——茨姬大人的際遇和性格套進這部作品的主角『恩季』裡。」
「咦？」
「大胃王、擁有怪力、情感起伏劇烈、開朗爽快，而且個性單純，又重情重義。將這種性格捏揉搓圓，調整得溫和一些……不知為何就剛好正中紅心！託夫人的福，作品大大暢銷！真是可喜可賀！」
啪啪啪，阿熊和阿虎同時拍起手來。
「聽你這樣一說我才發現，那個主角雖然是男的，但確實很像真紀……」
「馨，真的嗎？那不就變成是我的故事？真紀和恩季，連名字聽起來都很像。」
「啊，真的。」

馨得知自己喜愛的漫畫背後的製作祕辛，受到不小的衝擊。

阿虎舉起食指，還說了這種話：

「還有那個呀，以敵人身分登場的安倍晴明，最近人氣爆發。這次在人氣投票也擠下上次居冠的酒吞童子，榮登壓倒性的第一名。」

「咦？」

「這種卑鄙美男子類型的強敵容易獲得女性粉絲支持，是少年漫畫的鐵律。是說原本安倍晴明就不管出現在哪種媒體，都是超級受歡迎。」

「知名度也比酒吞童子高得多呀～」

關於這點，阿虎和阿熊也是毫不隱瞞、清楚直白地講出來。

我們今天才剛發生那種事，真是好處全都被安倍晴明一個人占盡了，讓人好不甘心。特別是馨那副懊惱身影……

「嗚嗚……酒吞童子果然是註定慘敗的命運嗎……」

「馨，你在說什麼呀！振作一點，馨！」

我使勁拍打馨的後背，拚命想鼓勵他。

「馨，你不是說過這部漫畫裡的酒吞童子非常帥氣嗎？既然你本人都這麼想了，讀者大眾肯定也會這麼認為喔。」

馨抬頭望向我問：「這樣嗎？真的嗎？」我用力點頭。

「當然呀。阿虎和阿熊所描繪的酒吞童子，一定比安倍晴明帥上好幾百倍呀，畢竟這兩個傢伙可是酒吞童子最信賴的部下。」

「……夫人。」

阿虎和阿熊因為這句話，眼中又泛起淚光。

「嗚嗚，光是王和夫人在一起這點，對我來說就像在作夢一樣。」

「你說的完全沒錯。沒想到居然還能親眼看到你們兩位站在一起，這副崇高威嚴的姿態。」

聽到阿虎和阿熊感動不已的話，我和馨只是苦笑。

其實一直到剛剛，我們之間的氣氛都有些尷尬……的樣子。

「會搬來這裡真是命中註定呀！」

「沒錯，今後我們熊、虎童子一定會努力守護兩位安穩的夫妻生活！」

「沒啦，我們還不是夫妻。」

馨一定會說的反駁台詞出現了。

但是望著感慨萬千、抽咽哭泣的兩人，內心真的感到不可思議。

原本應該會在漫長時光中失去的東西，反倒因為那段漫長時光而逐漸成熟，聚集在此處。

兩人用與千年前不同的方式、相異的姿態，持續傳述酒吞童子的意志。

馨肯定會說不用做到這種地步，但他明白自己的部下是如此仰慕自己、如此忠心耿耿，想必打從內心覺得感謝吧。

馨現在的表情，看起來是這種感覺。

「嗯？」

叮咚。突然，玄關的門鈴響了。

我正想說是誰呀，就發現好像是阿水和影兒將藥局打烊後跑來了。這麼說來，剛剛我傳了訊息過去，說阿虎和阿熊在這裡喔。

「唔哇，超久不見～虎，你都沒變耶，打扮還是這麼招搖。」

「咦，水連？騙人的吧～你變好多喔。以前的氣質再更像壞男人一些，現在該說是整個人都變沉穩呢？還是該說像有了家庭呢？」

「說什麼像有家庭，我還是單身好嗎……雖然有扶養一個小鬼……」

「啊，但那股可疑的氣息還是跟以前一樣～」

去開門的阿虎和阿水展現出久別重逢的男人情誼，熱絡地相互吐嘈。

只有影兒一下子從阿水後方探出頭來、一下子又縮回去，偷偷觀察著阿虎。

他極為害羞怕生，即便是過去的夥伴，一旦好久沒碰面又會變得膽小。

「喲，深影也好久不見啦！你還是這麼小一隻耶。」

阿虎注意到後方的影兒，使勁揉揉他的頭。

影兒總算展露笑臉，但仍舊有些羞澀地說「這個……」，遞出特意拎來的日本酒、果汁和下酒的點心。

「不過影兒，你戴著眼罩，右眼是怎麼了嗎？明明是相當美麗的黃金眼眸呢。」

「啊……」

影兒臉色變得蒼白，一句話也說不出來，阿水立刻說：

「啊啊，虎，這件事就先別問了！那是個複雜的故事，講起來大概會花掉整個晚上……」

「欸，你們快點進房來啊，又不是在開同學會。」

我感覺他們幾個就要站在玄關一直聊到天荒地老了，趕緊出聲喚他們進來。

要講話就大家一起圍在桌旁，像從前一樣天南地北地談天嘛。

雖是號稱小週末的週五晚上，但現在也已經十一點了。

即使到了這個時間，大家還是聊個沒完。

「啊～剛剛好熱鬧喔。男生們都睡著了。馨明明一滴酒都沒喝，卻光是灌可樂就醉了，那張睡臉毫無防備，肯定在作好夢。」

「跟以前的宴會沒什麼兩樣呢。」

「呵呵，也是。」

我和阿熊在廚房收拾善後，兩個女生靜靜笑了。

「今天在學校發生了不少事，能這樣開心聚會真好。我很久沒看到馨那樣子興奮喧鬧了，只有我們兩個時，老是平淡安靜的。」
「有些事情要都是男人才能互相聊、互相了解吧，那是從千年前女人就無法體會的。大家都很喜歡夥伴們聚在一起開宴會、相互敬酒暢飲的感覺。即使亡國，也是每天晚上都開宴會呀。」
「……是呢。」
阿熊的聲音相當沉穩，但臉上表情微微罩著陰霾，繼續往下說：
「只是有段時間，我跟阿虎都很害怕喝『酒』，真的是打從內心感到害怕。都是因為宴會……因為酒害的……有段日子，這些念頭在內心縈繞不去。」
宴會。酒。
對我們來說，那是每天的生存意義，卻也是招致毀滅的契機。
「不過，又能像這樣大家一起開開心心地開宴會，真的是種救贖。王因為還是高中生，在這種熱鬧場合卻不能喝酒實在有夠可憐。他以前那麼嗜酒如命。」
「對呀～酒吞童子這個名字都要哭泣了。不過一眨眼就會長大成人了，我們可是人類呀。在那之前，馨的酒就是可樂，人類世界的規則還是要遵守。」
「嗯，王就是這種人呢。在這千年之間，每個人的立場都會略微改變，但最重要的本性都沒變……真是不可思議的緣分。」
阿熊在最後不經意地吐露心底話，伸手拭去眼角的淚水。
「夫人也真的都沒有改變。不……比起當時，似乎變得更加自信又可靠，我很敬佩。明明當年妳嫁給王時，還只是個弱不禁風又稚氣的愛哭鬼公主而已。」

「拜託，阿熊，妳在說多久以前的事？那段時期的事情拜託妳忘掉好不好。那個柔弱又愛哭的我……在這裡可不需要。」

「……夫人？」

「我一直渴望變強。不夠強，到頭來就什麼都守護不了。」

「……」

與宿敵安倍晴明碰頭的這一天。

我們為了跟另一顆星星的相會而歡喜。

馨和我原本因為安倍晴明拋出的「三個謊言」這件事相當尷尬，但由於重逢的衝擊，後來兩人間的氣氛就暫時歸於平常。

即使雙方都明白，這只是把重要的事拖到以後再面對。

第三章
黃昏時分的河童樂園

「嗯，我記得那是放學後的四點四十四分。在舊校舍的三樓，不是有一間現在已經沒人用的舊音樂教室嗎？我聽到裡面傳來了奇怪的歌聲耶～」

「小滿又在講鬼故事？拜託妳別說了啦。」

教室裡，小組成員將桌子搬到一塊兒，正在挑選下星期修學旅行的時候，小組行動要去逛的地點。

修學旅行的地點是毫無驚喜的京都。

我隸屬的女生組，成員總共有四位：以前在戶外教學發生各種意外的新聞社小滿、特徵是紅框眼鏡的美術社社員丸山，還有從國中就認識的班長七瀨。馨和由理在別組，我和他們會在第一天的自由活動時一起行動，第二天才會和這群女生一起行動。像這樣全是女孩的團體偶爾也不壞呢。

「要去哪裡？」

「果然還是必訪的清水寺之類的？」

「那裡我國中就去過了～人又超級多。」

「那宇治呢？宇治的平等院鳳凰堂。位置在京都車站往南，有一段距離，應該不少人國中時沒去過。」

「欸，要去宇治的話，那中途順便去一下伏見稻荷大社！那裡是許多漫畫和小說的聖地，聽說朱紅色的千本鳥居非常漂亮！不曉得稻荷神的狐狸使者在不在呢～」

大家七嘴八舌地討論著想去的地點。

我看著京都地圖，突然注意到左上角有個箭頭標示著在地圖範圍外的大江山。

大江山，在酒吞童子傳說中相當知名的——我們的故鄉。

從京都市內望去，大江山位在西北方，是靠近丹後半島的連綿山峰。

就算也在京都，卻相隔太遠，在這種觀光地圖畫不進去。

「大江山……應該去不了吧？」

「嗯？真紀，怎麼啦？」

「啊，沒事。所以呢？結果要去哪？」

最後，因為小組中的女生們都說沒去過宇治，就決定先去完伏見稻荷大社後，再去宇治的平等院。

「欸欸，決定好了嗎？那我可以繼續講剛剛那件事了吧～？」

「還來喔～？」

小滿一直想聊學校裡的靈異故事。我雖然擅長應付妖怪，卻非常矛盾地害怕怪談跟鬼故事，趕緊做好心理準備。

「我昨天算準了聽到歌聲的下午四點四十四分，跑去舊音樂教室瞧瞧～結果呀，教室裡明明傳來尖銳的歌聲，卻一個人都沒有喔！這肯定是靈異體驗！」

小滿握緊拳頭興奮肯定地說。她好像要在下一期校刊中，製作本校的靈異體驗特輯，目光炯炯有神地描述自己碰上的神祕體驗。

這個人明明應該在上次戶外教學時嚇壞了才對，真是學不乖。

「總之！我跟妳們說啦，最近學校各處都發生了很多靈異事件！像是家政科教室裡原本收在櫃子裡的廚具，隔天卻跑到別的地方；沒人使用的教室黑板上，寫滿了神祕暗號之類的。我還聽說，有人從舊理科教室的窗戶看見人影。絕對有什麼東西存在啦～！啊，後續就請各位期待下一期的校刊囉。」

「結果目的是這個呀……」

為了校刊，估計連性命都可以捨棄的小滿，今天也是正常發揮。

「喂，妳們幾個，行程排好了嗎？」

「好痛！」

我們剛剛太吵，後腦杓被活頁夾輕輕敲了一下。

轉過頭去，站在那兒的是身穿白袍的安倍晴明……不，叶老師。

我偷偷瞪他，朝他呲牙裂嘴，但動作很小沒讓周遭眾人發現。

「要閒聊也是可以，但行程一定要在今天交出來喔。為了避免當天才慌張，交通方式也要先查好。」

「好～」

那傢伙表情溫柔爽朗地叨念我們，讓我好想問這個人到底是誰呀？因為他這招，小組中的女生們全都失神地聽話答應。

可惡，總覺得很不甘心，不甘心呀！

「啊～最近的心靈綠洲只有叶老師了～充滿成熟男人的魅力，真是大飽眼福～老師不曉得有沒有女朋友？想追老師的學生或單身女老師應該很多吧～」

小滿居然失魂落魄地雙眼直冒愛心。

我真想用力警告她，絕對不要。

那傢伙不是妳想像的那種溫柔暖男喔，其實超級心狠手辣的。

「啊啊啊～！叶老師出現後，我們班上就齊聚三個超級美男子了。天酒、繼見、叶老師，形成三角關係是很重要的，問題是要把誰放在什麼位置呢？啊，叶老師如果是外表溫柔、內心卻是虐待狂的設定應該很不錯！畢竟他穿著白袍呢！」

丸山喃喃自語著。她的表情透著危險氣息，興奮地講著莫名其妙的話，還開始在筆記本上潦草地畫起人物關係圖。算了，別多問，先不管她好了。

「欸，真紀，聽說宇治是茶的產地，所以常聽到人家說宇治抹茶、宇治煎茶呢。」

「啊，我想吃濃茶果凍和抹茶冰淇淋裝得像小山一樣高的大份聖代。」

另一頭，欠缺女孩子浪漫氣息的七瀨和我，正聊食物話題聊得十分起勁，望著手冊上的抹茶甜點，雙眼閃耀出光芒。

在一片混亂中，我們決定了修學旅行的行程，也查好交通方式，剩下的時間就是熱烈討論著想吃什麼、想買什麼伴手禮。

「喂，真紀，劍道社找我過去，妳自己先去社辦喔。」

放學後，我正在收拾書包時，前面座位的馨回頭這麼說。

「找你過去做什麼呀？你做了什麼惹到他們嗎？」

「不是那樣啦，他們找我幫忙練習比賽，因為我國中時是劍道社的呀。」

是啦，馨在國中時曾經參加過劍道的全國大賽呢。

劍道社偶爾會像這樣找他去當練習賽對手，還積極說服他加入劍道社，但馨都沒有答應。

「你今天還會來社辦嗎？」

「嗯……不太確定。如果我太晚，妳可以自己先回家喔。」

「……這樣呀。」

馨的最後這句話似乎是出於體貼，我也相當明白，但聽在耳裡就是有種說不出的距離感。明明明平常應該會再互相吐嘈幾句，結果現在兩人卻無話可說，空氣中飄盪著尷尬。

最近總覺得有些不合拍。

日常生活都跟以往相同，可是偶爾會發生這種情況，果然還是因為心底相當在意各自的「謊言」吧。

「……那晚點見囉。」

在奇怪的時刻顧慮對方，避免觸碰到那個禁忌話題。

馨沒有再特別多說什麼就走出教室了。

「嗚，今天放學後只有我一個人。」

時間是下午四點整。

由理也說要開下週修學旅行的委員會，今天沒辦法來社辦。

總之，我先替窗邊的觀葉植物澆水，又在安靜無聲的社辦中一個人泡紅茶、休息片刻，同時查看阿水傳到我手機的訊息。

「啊，小麻糬這傢伙，阿水叔叔又買玩具給他了。」

今天把小麻糬寄放在阿水那邊，現在他傳來了小麻糬被彩色小球環繞的可愛照片。我忍不住摸摸那張照片。

「哎，現在不是看照片的時候，我還有事該做。」

我嘴上碎碎叨念著，從櫃子裡拿出一個箱子。

這個箱子裡，有許多我在秋天時像松鼠般勤奮收集的橡實……

「茨木童子大人～～」

這時，有什麼生物在腳邊拍打我的小腿。

「哎呀，這不是手鞠河童嗎？」

是一群最近在校內經常可見的手鞠河童。

他們是穿過花圃來的嗎？頭上小盤子裡有花瓣的兩隻小河童從桌腳爬上來，興味盎然地看著我做事，問道：「妳要用橡實做什麼呀？」

「這可是祕密武器喔。不是有句成語說『有備無患』嗎？最近各種騷動接連發生，可能快要出現光靠釘棒也無法應付的狀況了吧。」

那群手鞠河童歪著頭，呆滯疑惑地問：「啊～～？」

我先將這些橡實一個一個在桌上排好，從中挑揀出有戴帽子的。

接著，拿了一個這房間中有大量存貨的陶瓷小盤子。

然後……

「啊啊啊～～鮮紅色的血呀～～」

河童們顫抖著。我輕輕劃破手指，讓鮮血滴在小盤子上。

「呵呵呵呵呵……唔呵呵呵呵呵……」

我發出宛如魔女般詭異的笑聲，在摘掉帽子的橡實頭上，用水彩筆胡亂塗上血，再將帽子蓋回去。真是恐怖的行為呢。

手鞠河童看我不斷重複相同的動作，不久之後也開始幫忙，將橡實拿到我手邊，還替我拔掉帽子。

這個「染血橡實」是要用來幹嘛的呢？

我很期待實際使用的時機到來。

「茨木童子大人～不好了～」

全部做完時，又冒出兩隻手鞠河童，情緒激動地跳來跳去，訴說緊急情況。

「拜託快點過去那邊。」

「河童樂園，沒有茨木童子大人就無法完成！」

我察覺到原因，嘴裡應著「啊、好好」站起身，放了幾顆剛做好的染血橡實進口袋，打開房間角落沒在使用的儲物櫃門。

「那麼，就來去那邊吧。」

我進入儲物櫃，關上門，雙手合掌誦念：「請連結，裏明城學園。」

身體陷入一陣輕飄飄的懸空飄浮感，然後我再次打開門，眼前已是和我們生活的世界略微不同、位於另一側的裏空間。

這裡是狹間——裏明城學園。

馨完全按照學校模樣複製，在地底下創造出的異空間。

只是，這裡感覺比我們熟悉的明城學園來得荒廢，但到處加了時下流行的裝飾，看起來十分逗趣。

是手鞠河童們擅自動手改造的。

社辦裡的石膏像上頭，畫著鬍鬚或眼鏡；在這個世界綻放的小花，如同暗號般在桌上排列成奇妙的圖案。

從窗外透進來的光線，是宛如世界末日般的深濃晚霞色彩。

「中庭……變成手鞠河童最喜歡的小黃瓜田了耶。」

「這裡的小黃瓜長得很好喔。」

「每次都大豐收～而且我們腳踏多條船，也種了哈密瓜、西瓜和南瓜～」

「反正全都是葫蘆科的嘛，最近還要加種櫛瓜喔。」

手鞠河童們你一言、我一語地介紹著這片田。

最近的手鞠河童連櫛瓜都曉得呀……

「馨創造的狹間氣候穩定，土地中蘊含的靈力應該也比地上豐富得多，剛好很適合種植食物。」

「茨木童子大人～晚點請妳帶一些小黃瓜回去吧～」

「謝謝呀，每次都收你們送的禮物。」

我朝在小黃瓜田裡工作的手鞠河童們揮揮手，就離開走廊，環視整片操場。

非常有意思的是，在寬闊的土地上，有一座正蓋到一半的遊樂園。

入口拱門上寫著「歡迎蒞臨河童樂園」。圍繞著遊樂園的花壇裡，即使在帶著寒意的這個季節，色彩繽紛的各式花朵仍舊恣意綻放。

別看河童外表軟綿綿的，隅田川的手鞠河童們擁有優秀的土木和建築技術，自古以來就常負責合羽橋附近挖掘水道的工程。

他們早就看上這個地點，便去找馨跟淺草地下街的大和交涉，打算在這裡建造理想中的河童樂園。

不計其數的河童們正驅使著神祕的技術，努力建造旋轉木馬、雲霄飛車和咖啡杯等遊樂設施。到處都畫上引人注目的招牌河童圖案，正是貨真價實的河童樂園。整體來說，設計風格稍偏懷舊和風，但的確像是一座妖怪遊樂園。

是說，看起來也有點在模仿淺草妖怪最喜歡的花屋敷樂園啦……

「欸，河童樂園裡沒有摩天輪嗎？我喜歡摩天輪耶，不管自己搭或看別人坐都喜歡。」

「摩天輪我們正在拚命製作中。」

「我們要做最大的喔～」

聽起來這間遊樂園的遊樂設施還會持續增加。

等遊樂園終於落成開園時，我想跟馨、由理、還有小麻糬和淺草的大家一起來這裡玩。

「不過……河童是不是增加啦？是直接和隅田川連結了嗎？有多少隻呀？」

「現在有三千隻，這裡是河童的夢幻國度。」

「和平、自甘墮落、任性、依照自我本色地生活喔～」

「靠遊樂園大力撈錢，打倒花屋敷～」

那群手鞠河童中，背甲上貼著貼紙的五隻河童，分別講出大大偏離常軌、似是而非的野心。

他們是河童樂園營運委員會的成員，從右邊數來，分別是尼洛、海蒂、安、羅密歐和佩琳。全是我擅自取的名字，不需要特別記下來。

這些曾在打工時遭到壓榨的手鞠河童們，好像參加了淺草地下街偶爾舉辦的勞工講座，學習做生意和經營的技巧。

他們似乎想靠自己擅長的領域生存下去。

「茨木童子大人～接下來是這邊。」

「好好，真是的，拚命使喚人……」

每次來這裡，他們都叫我做一些需要力氣的粗重工作。

當然，也是我對河童的樂園有興趣，所以願意幫忙河童樂園的建設工程啦。剛剛就一直在勤奮地替路面鋪設磚頭。

「茨木童子大人～請幫忙一下。」

「接下來又是什麼？要叫我搬超重的木材嗎？」

「不是喔～舊館裡有什麼東西～」

「是入侵者～快點打倒他～」

跑過來的手鞠河童們渾身顫抖。

有入侵者就麻煩了。沒辦法，我只好再次回到社辦，拿出藏起來的好夥伴釘棒，準備出發去巡邏。

「啊啊，總覺得這氣氛不太愉快呀。比起妖怪，更像會有幽靈跑出來似地……」

杳無人煙、太過寂靜的校舍。

這裡是狹間，自然不會有人類在才對，只有偶爾會看見小小隻的手鞠河童碎步移動。我一間間教室看過去，發現家政科教室已經變成河童們的餐廳，裡頭正在準備晚餐。

身上綁著白色圍裙和三角巾的小隻手鞠河童們，正專心地煮菜。

「你們在煮什麼？」

「小黃瓜湯和小黃瓜派。」

「材料是小黃瓜、小黃瓜片、南瓜和小黃瓜泥喔～～」

「呵、呵呵。」

原本還想說嘗個幾口，但這下還是算了。

河童這種生物真是有夠熱愛小黃瓜，完全吃不膩耶。

「咦？總覺得……總覺得，音樂教室的方向傳來奇怪的聲音。」
「什麼奇怪的聲音，很沒禮貌耶～」
「那是河童樂園的主題曲。」
我朝音樂教室裡窺探，看到數不清的大批手鞠河童排成隊伍在大合唱。
「啦～～啦～～啦～～」
他們嘴巴大大張開、搖晃身體大合唱的模樣十分惹人憐愛，但合聲毫無疑問地不和諧，我忍不住摀住耳朵。
「小滿之前說的，音樂教室傳來奇特的歌聲……難不成就是這個？」
現實世界和狹間互為表裡，會有一些地方連結在一起。
即使在現實世界看不見這個畫面，但在狹間手鞠河童們正全心全意地大合唱。肯定是手鞠河童們的歌聲偶爾傳到現實世界去了。
「小滿說最近學校出現很多靈異現象，搞不好就是這個狹間造成的影響呢。這個狹間蘊含的資訊量很大，卻是在一瞬間就創建起來，就算到處有一些缺失也不奇怪。下次得帶馨來，叫他維修一下……」
這件事暫且先擱一旁，沒看見手鞠河童說的入侵者呀。
「欸，河童，你們說的入侵者是長什麼模樣？」
「會不停吐出輕飄飄白煙的傢伙～」

「那是什麼，煙煙羅嗎？那個白煙中會出現詭異面孔的妖怪？只有這個線索根本沒辦法想像呀。」

手鞠河童們說「往這邊～」，帶著我朝舊館三樓前進。

三樓的教室幾乎成了手鞠河童的集合住宅。

一張張課桌變為他們的房間，小小的手作沙發和床隨意擺設著，簡直像是娃娃屋。

黑板上畫著有如棋盤般的格子，其中寫著許多神祕文字和記號，河童說這是在記錄誰住在哪裡。擁有團體行動習性的手鞠河童，似乎有只有他們才能懂的規矩、文字和符號。

啊啊，原來如此。如果他們的塗鴉在那邊世界的黑板上浮現出來，大家當然會以為是靈異現象而騷動不已……

「在那邊～入侵者就在那邊～」

「……舊理化實驗室？」

「鷲鯉化石、厭世～」

「不是這樣斷句的吧。」

我將釘棒用單手拿好，騰出另一隻手，膽戰心驚地打開舊理化實驗室的門。

如果是妖怪，我就將他一棒打暈再拖回現實世界；但要是幽靈，我就自己全力衝回現實世界。好，就這樣決定了。

「……啊。」

不過站在那裡的是完全出乎意料的人物。

因為窗戶吹進徐緩微風而飄盪的菸草煙霧，白袍下襬，還有金色頭髮。

靠著窗邊抽菸的，居然是叶老師。

我懂了。他們說的會不停吐出輕飄飄白煙的傢伙，就是指身穿白袍抽著菸的叶老師。

「你為什麼在這裡？」

我直直盯著那傢伙，舉起釘棒擺好架式。

不過叶老師的表情沒什麼特別變化，依然故我地吞雲吐霧。

「呵，那眼神一點都不像人類的高中女生呢，茨姬。妳現在的表情，一副就是打算在這裡宰了我埋起來的模樣。」

「就是那個！你那種滿不在乎的態度，從以前就很讓人火大。而且居然還在學校吸菸處以外的地方抽菸，根本就是超級不良教師耶。」

「去吸菸處就得跟其他老師打交道，太麻煩了。抽菸就是要一個人抽才好。就這一點來說，狹間剛好合適，畢竟這裡只有手鞠河童而已。」

「……你也是一點都沒變。比起和人類相處，總是自然地和妖怪或式神待在一塊兒。」

沒錯，安倍晴明這個男人就是這樣。

叶老師側眼看向依然舉著釘棒的我，吐了一口長長的白煙。

「妳也是老樣子，還是忙著照顧妖怪們。我剛剛在這裡看了好一陣子妳跪在地上鋪設磚頭的模樣。」

「唔……」

總覺得有點丟臉。我依然瞪著那傢伙，但雙頰不爭氣地泛起紅暈。

「真是奇怪，明明當時受我的結界保護的茨姬，是個極為柔弱的女子，那麼害怕妖怪或靈體，光是看到影子或聽到聲音就會發抖。」

「你在講什麼遠古以前的事呀？女人這種生物超過你的想像，立刻就能變堅強的。」

「哈，我知道啦。」

相互試探，謹慎挑選用詞，展開對話。

單獨面對面時，就能清楚體認到這傢伙果然很特殊。

無論和人或妖怪都有什麼地方不太相同，千年前的偉大陰陽師——安倍晴明……

「二手煙～」

「要通風一下～」

原本肅穆的對峙氣氛，因為手鞠河童們在腳邊跑來跑去，緊張感頓時煙消雲散。

叶老師再度靠回窗邊，將菸移開嘴巴，望向操場。

「逢魔時刻。」

「啊？」

他將燒短的菸屁股捻熄在隨身菸灰缸裡，說「上課囉，茨木」。

「所謂的逢魔時刻，就是日落時分、黃昏的意思。在這段時間，這個世界的所有靈力最容易高漲，也是相鄰的現世和狹間會有一部分重疊的時刻。即便是靈力不強的人，偶爾也可能會看見或聽見這一側的事物。」

這種事我曉得，畢竟妖怪的力量也是在這個時間最為澎湃激昂。

「酒吞童子所創造的大江山國度，也是每到黃昏，天空就會染成如同黏稠血灘的顏色。隨即降臨的虛假黑夜中，巨大滿月浮現天際。」

我一言不發，但叶老師語調淡然卻多話地繼續說著。

「輝煌炫目的鋼鐵宮殿，鬼火照耀下的城市，外圍有能夠自給自足的田地，那個空間不像現世會受天災襲擊，豐饒又和平。你們只靠自己的力量生活，是一個妖怪的理想國度。」

「……沒錯。」

我口中吐出的話語冰冷又炙熱，語氣轉換成某個時刻的自己。

「我們一直與世無爭地安靜生活，然而，你們人類消滅了我們的國度。朝廷高舉討伐妖怪頭領酒吞童子的大旗，但到頭來不過是覬覦那個『狹間』罷了！」

——安倍晴明，你身為人類，站在人類那一方，選擇殺害我、殺害我們！

我用力搖了搖頭，將喉頭深處混雜著苦味、幾乎要湧上來的那句話硬吞回去。

濃烈、苦澀的某種情感，我狠狠將它吞回去。

我將原本高舉的釘棒「叩」一聲垂至地板，伸起另一隻手撫著自己的臉頰，將鮮紅嘴唇的嘴角用力往上扯。

「不玩了～跟你沉痛控訴過往的怨恨，又不會讓我的人生變得超級幸福快樂。」

「哦，忍耐力這麼強呀？要是以前的妳，想必無法忘懷對我的憎恨吧？不管追到天涯海角都要殺了我。」

「就算是現在，我也在思考該怎麼做你才會從眼前消失喔。」

我深深吸一口氣，嘗試撫平內心深處的騷動。

為了不要忘記對自己最重要的事物。

「現在的我呀，非常重視和馨一起度過的尋常時光。我只是想和他一起獲得幸福而已。因此最重要的是，不能將自己的身體、時間和人生浪費在復仇雪恨上。」

「……」

「那種愚蠢的事，在這個時代已經不需要了吧。」

這種說法，就好像那種事曾經在某個時刻發生過一般。

那是馨所不知情的，我的故事。

醜陋的自己。染滿鮮血、汙穢不堪的自己。那種事情，我無法向馨說出口——

「只要老師不妨礙我的幸福，我就不會再多說什麼。但是，如果你要破壞這份幸福，這輩子你依然是我的敵人喔，安倍晴明。」

「我說過叫你們放心了。只要你們是人類，我就是站在你們這一邊。不過，要是你們再次化為鬼，到時我一定會殺了你們。不管要再轉世幾次都一樣。」

好一會兒，我們只是沉默地瞪視對方。

但是，原來如此，我看見了彼此無法讓步的地方。

我拿起釘棒，轉身背對叶老師。沒辦法再和這傢伙多說一句話了，只要繼續交談下去，我……

「沒錯，這個狹間呀，有壞東西在喔。」

我已經踏出的腳，因為叶老師的這句話硬生生停在半空中。

「難道是……幽靈？」

我神情緊繃地轉向老師，那傢伙應道「不是靈體啦」，隨手撥開常蓋住眼睛的金色瀏海，露出不懷好意的笑容。

「哈哈，原來如此。從妳發青的臉色看來，妳現在還是很怕靈體呢。女人不是很快就能變得堅強嗎？」

「囉、囉嗦！靈體不算啦，只有靈體不行！」

「說的也是。茨姬的身體，是蘊含龐大靈力的稀有『鮮血』容器。因為身軀好幾次差點遭惡靈霸占，身體和靈魂都產生了抗拒吧。每次妳要被惡靈搶走身體時，都是我驅除惡靈、重新施展結界。」

「欸……拜託別講得你好像一直在保護我一樣！」

讓酒吞童子擄走前，都是安倍晴明在保護我，這是事實。

因為父母無力照顧我，有段時間他甚至將我安置在自己家裡。

但他經常出門溜達，我們幾乎很少碰到面就是了。

儘管如此，我還是將傳聞為妖怪和人類混血的安倍晴明，與自己的立場重疊在一起。

有段日子，我認為只有他能夠信任，真心倚賴他。

可是，也是這個安倍晴明，打算殺害終至變成妖怪的我。

從他身為陰陽師安倍晴明的立場來看，那是理所當然的行動。畢竟鬼這種妖怪，對於那個時代就是如此巨大的威脅，是邪惡的化身。

但我無法原諒他、對他深痛惡絕的理由，並非這一點。

我憎恨安倍晴明的理由只有一個。

——因為他是奪走我深愛的伴侶、摧毀我深愛場所的那群人之一。

「……唔。」

啊啊，不行了。我勉強抑制著益發高漲的情緒，那像是要炸裂綻放的深黑心緒，再次打算遠離這傢伙。

「啊啊啊～什麼東西跑出來了～」

不過就在這時候，好幾隻手鞠河童奔進這間理化實驗室，像鬼針草般緊緊抓住我，渾身顫抖個不停。到底是發生什麼事了？

「妳看，我就說有壞東西在吧。」

叶老師一臉「真拿你們沒辦法」似地搖搖頭，率先快步走出理化實驗室。

「啊，等一下，晴明！」

「叫我『叶老師』。」

「……欸，你也太堅持什麼老師和上課的事了吧。那是什麼？」

雖然不情願，但我還是跟在叶老師後頭走出去。

我拿幽靈和這個男人都沒轍，可是，又不能對眼前情況坐視不管。

「唔、唔哇啊……」

我脫口驚叫出聲。從建有河童樂園的操場各處，伸出無數隻黑色觸手，形狀噁心，如同花朵一般晃動著。

「這是什麼惡鬼？根本是地獄圖！」

是怨靈。手鞠河童們在觸手和觸手間的空地上，不知所措地四處逃竄。

「這一帶因為一些歷史事件，過去懷抱深切憎恨與痛苦死去的亡靈，他們漆黑的怨念都滲進附著在土地裡。所謂的歷史事件，大概就是戰爭導致的空襲這類。現在剛好是黃昏，這裡又是狹間，地面上的結界無法涵蓋的奇特場所。因此，原本遭到封印沉睡的怨靈，由於某種契機再度湧現也是有可能的……」

叶老師掏出一根新的香菸，用一旁飄來飄去的鬼火點燃，叼進嘴裡。

吸了一口後，他從白袍內側取出幾張皺巴巴的靈符，朝空中拋去。

靈符宛如流星般一直線交錯劃過空中，環繞著操場停下來。

老師嘴裡叼著菸，左手還插在白袍口袋裡，姿態依舊隨興，同時以右手結刀印，擺到嘴前。

「請驅除，請淨化——急急如律令。」

省略各種冗長咒文，他只是有氣沒力地低聲唱誦了幾個字。

靈符成為支點，在操場上顯現出陣形。

叶老師的背後也出現璀璨閃耀的金色五芒星。我想起過去的安倍晴明，倒抽了一口氣。

沒錯。其他陰陽師的這個印記都是出現在腳邊或是前方，只有晴明卻是顯現在背後。

而且超大的！

背負著巨大五芒星的陰陽師——印象中大家都這麼稱呼他。

強風吹起，他嘴上香菸的白煙異樣地翻滾扭曲、擴散出去。

我伸手按住頰旁的髮絲。相隔許久又見到晴明施展術法，內心湧起一股奇特的惱怒。

太隨便了。他還抽著菸，每個姿態都極為隨便，然而術法的精準度極其出色。

啪！叶老師像下令般地一彈指，旋即有亮光沿著地面上的陣形流竄。伸長手臂群起搖擺的怨靈轉瞬間就化作金粉。接著，光芒形成閃閃發光的柱子，朝天際延伸。

沒過多久，怨靈全都消失了。

雖說是強制性的，但光是讓它們靜靜成佛，就是最大的慈悲。

「真漂亮。雖然不想稱讚你，但完全沒有我出場的餘地。」

原本驚慌失措、四處逃竄的手鞠河童們，也因為叶老師拯救了自家的河童樂園，不停磨蹭著他拍馬屁，大表感激之情。

「太感謝你了～比茨木童子大人還要可靠耶～」

「鷲鯉化石、厭世，永遠都屬於你了～」

獲得了個人專用的吸菸室，叶老師似乎相當滿意。

他依然手插白袍口袋，低頭看著挨在自己腳邊的手鞠河童們一會兒，然後突然察覺到什麼似地抬起臉，

「啊啊，對了……欸，茨姬。」

他的眼神轉為無情，閃耀著異樣光彩，簡直像是前世的安倍晴明。

「在京都，有妳一直在尋找的東西喔。」

聽聞這句沒頭沒腦的話語，一瞬間，時間靜止了。

它觸動了過往記憶，內心洶湧翻騰。

叶老師並沒有打算詳細述說那件事，他看著我僵硬的表情，忽地訝異失笑，伸手撥了撥被突

然颳起的狹間陣風吹亂的金色頭髮。

「妳似乎是什麼都沒對酒吞童子說呢。」

「……晴明，你——」

「妳引以為豪的夫妻之愛充滿這麼多虛假，這樣真的能幸福嗎？我相當懷疑。但也不是不能理解妳什麼都無法對他說出口的理由。那麼，老師就幫妳把一切全都告訴那個男人好了。」

「不可以！你什麼都別跟馨說。別講，絕對不要講。」

我的眼睛連眨都沒眨，聲音裡透著命令般的威嚇。

我將喉嚨深處泛出的苦澀，再度狠狠吞嚥下去。

「不用這麼戒備。我說過了吧？我來這裡是為了幫助你們獲得幸福。」

喀噠、喀噠，他朝我走近，在我身側停下。

「我們不是在臨終時一同死去的交情嗎？大魔緣茨木童子。」

這句話，他居然能泰然自若地講出來。

虛假的風吹拂，吹得深藍色水手服的衣領翻飛，還讓被晚霞染成朱紅色的頭髮在黃昏時分的天空飄揚。

「——你還想再被我殺一次嗎？」

我們牢牢緊盯對方，側眼交換了一道極為冰冷的視線。有什麼就要一觸即發，又在岌岌可危之處打住……

我咬緊牙關，感到全身的血液在體內奔騰，甚至對剛剛脫口而出的那句話有些懊惱。

再多跟他講一句話，我大概就要忍不住了。

暗紅色的花朵就會綻放。

這股衝動是身為一個人類絕對不該有的。在體內、在心底、在靈魂深處沉睡著，一直到今天都沒必要喚醒的那份情感，開始隱隱發疼。

那是我的狂氣。

「唔哇，茨木，妳看那個。」

「啊？唔哇啊？」

叶老師發出有些刻意的誇張驚呼，伸手指向我的後方。

我想說他在這種緊張時刻到底是想幹嘛，回頭望去，頓時啞然。

我用力揉了揉眼睛，在河童樂園的另一頭，有個巨大的骸骨正搖搖晃晃地……

「啊啊啊！出現了十五公尺高的骷髏～」

「是《風之谷》的巨神兵吧～？」

手鞠河童們陷入大混亂，四處奔逃。

「妳看啦，都是妳散發出汙濁漆黑的殺氣，才會讓原本沉睡在地底深處的怨靈具象成形，變成最終型態的骷髏……」

「你胡說什麼啦！雖然『骷髏』的確是戰死者的怨靈和骸骨的集合體，但怎麼會出現這種像是日韓特效電影的情節啦！話說回來，你剛剛不是華麗地除靈淨化過了嗎！」

叶老師臉上掛著奸詐的神情，拋下一句「那我先走囉」，就落荒而逃。

那傢伙，是故意留工作給我做，好趁隙脫逃的吧……

眼看好不容易蓋起來的河童樂園就要遭到破壞，手鞠河童們臉色發青，一把鼻涕一把眼淚地喊著：「請把他趕走，茨木童子大人～～」

「真拿你們沒辦法，現在似乎只剩下我可以收拾殘局呢。」

雖然我對這種對手不是很擅長，但至少骷髏還算是歸類在妖怪中。

妖怪的誕生方式有好幾種，像是從同族的母親體內出生、由物品或植物化成，或像過去的酒吞童子跟茨木童子一樣從人類變成。不過，也有這種從怨靈或屍體變成的妖怪，其中最極端的例子就是骷髏。

只是，要拯救沒有生命的怨靈集合體——骷髏，只能先將聚合成龐大身軀的怨靈打散，像剛剛晴明做的那樣讓怨靈成佛升天。

我從口袋取出一粒剛剛才做好的染血橡實，把它像球一樣拋向天空，然後舉起釘棒……

「預～～備！」

鏘！我將橡實朝著遠處搖晃身子的那個巨大骷髏打擊出去。

橡實簡直就像顆子彈般，一直線飛往骷髏張得大開的嘴巴裡，然後絢爛地爆炸。

雖然這種做法看來毫不留情，但其實這樣能將變成骷髏的那群怨靈打散，再藉著我血液裡的力量將其淨化。怨靈化為閃閃發光的紅色光芒，緩緩升天。

明明做的事情跟叶老師相同，但換成我來執行，看起來就好像壞蛋在造孽似地……

「呼，一擊就能打倒骷髏的我真恐怖。」

「不愧是茨木童子大人～」

手鞠河童們聚在一塊兒，不住地熱烈拍手，還擅自將我抬起來。明明剛剛還在那邊說叶老師才可靠之類的話，真是些見風轉舵的傢伙。

騷動混亂的一幕，就這般迎向劇終。

沒過多久，世界陷入一片幽暗。

日落了。這個狹間的夕陽西沉，黃昏時分結束。

「啊，骨頭……」

是剛剛那些怨靈們化為骷髏的媒介。原主不明的頭蓋骨和一根根骸骨四散在操場上。是在某個時代的戰爭裡含恨而死的人吧？

「啊，這樣說來，挖洞時好像也有看到封印的符咒和人骨跑出來耶。」

「但是太害怕了所以都假裝沒看到～」

「結果都是你們惹的禍啊。原來是你們造成的。」

沒有受到供養的骸骨，是最委屈的一群了。

我將頭蓋骨和那些骨頭全數撿起，在環繞操場的森林一角挖了個洞，做了一個墳墓埋葬它們。手鞠河童們靜靜地在墓前放上小黃瓜的花朵。

「請安息。」

只要靈魂能恢復正常，好好升天成佛，就還有來生。這一點我可以拍胸脯保證。

回過神來，巨大的銀色月亮已經高掛在這個狹間的夜空，散發皎潔的光芒。

從狹間回到民俗學研究社的社辦時，灰塵和黴臭味一如往常地撲鼻而來。

從窗戶向外望去，天色已經暗了。

「馨還待在道場嗎？」

還得去買晚餐食材。先去道場看一下，如果他還在忙我就先回家好了。

我往體育館後方的劍道場走去，發現門口異常擁擠。

裡面好像在舉行跟附近的北高劍道社的練習比賽。

「啊啊啊啊，天酒，加油呀！」

好幾個女生對著開始比賽前正在行禮的馨，發出有如慘叫般的加油聲。

竹刀相交，轉眼間馨就率先得分。他國中時就是劍道社的，而且酒吞童子原本就是擅長用刀的鬼。

那個身影彷若從前。雖然頭上帶著面罩看不見臉，但光看舉著竹刀佇立的姿態，我仍一眼就知道是馨。

練習比賽結束後，馨取下纏繞在面罩和頭部的手巾，從後門走出去。我想和他講幾句話再回家。

繞到後門，洗手台上的電燈微弱地亮著光，馨就在那裡洗臉。不過——

「嗨，辛苦了呢。」

在那裡的人，不只有馨，還有一個動作熟練地將潔白毛巾遞給他的馬尾女孩。

那是我們班上的劍道社社員——鳴上，也是一個常常打進全國大賽、實力堅強的選手。

我跟她幾乎沒有講過話，但馨和她待過同一間道場，我常常看到他們在走廊上談話。甚至有一段時間，女生們都在傳，馨的女朋友該不會是鳴上吧。

「啊，謝謝妳，鳴上。」

「天酒，你果然很強耶。欸，你為什麼要放棄劍道呢？」

「沒什麼特別的原因。啊，因為當時想要開始打工吧。」

馨一直以來對於其他女生的態度，該說是十分冷淡，還是絲毫沒興趣呢？

但只有面對鳴上時，跟其他大部分女生相比，他講話的態度會比較熟稔。

「嗯~我果然還是無法放棄。要是你肯加入我們劍道社，我也會超有拚勁的。難道你不想要男女組一起打進全國大賽嗎？」

「哈哈，妳在說什麼呀？就算沒有我，劍道社的成員也都很有實力啊。」

「你果然還是這麼無情……不過我曉得喔，你沒有選擇劍道社的理由，是因為想加入茨木創立的社團，對吧？」

鳴上望著表情認真地眨著眼的馨，「唉……」地明顯嘆了口氣，將身體靠向洗手台邊緣，雙手交叉在胸前。

「你呀，雖然絕情到就連那麼厲害的劍道都可以輕易捨棄，但只有和茨木在一起時，簡直像另一個人。從小學開始就一直是這樣。」

馨的表情變得有些不對勁，但鳴上仍舊繼續說道。

「這一點真的讓人很不甘心耶。天酒，為什麼你可以像那樣，只把茨木一個人放在內心最優先的位置呢？是因為茨木的爸媽都過世了，你覺得自己身為青梅竹馬必須要在身旁陪著她嗎？」

「不，不是那……」

「現在這個時期，正是充滿未來可能性的發展階段不是嗎？結果，你把所有時間都花在她身上，這樣好嗎？你為什麼不想要更加提升自己的可能性呢？天酒，你明明可以擁有更高的目標，即使一個人也能閃閃發光。我覺得有夠浪費的。」

「喂喂，等一下，妳到底想說什麼？」

「如果這些話讓你聽了不舒服，我跟你道歉。不過我的意思是，稍微保有一些個人時間比較好吧？而且這樣下去，茨木會變成沒有你就什麼都不會的廢物喔。天酒，你該為自己多想想。」

馨頓時不知道該怎麼回答，但沒過多久，他頻頻搖著頭開口：

「不……不是那樣的，鳴上。從旁看來，或許像是真紀在依賴我，但別看她那樣，其實她也很可靠的。」

馨用毛巾擦拭濕淋淋的瀏海，低聲往下說：

「只是，不管怎麼說，我都會想去她身邊而已。」

馨的表情像在說，就連他也不曉得自己到底在講些什麼。

不過，他像是在說話的過程中發現了什麼，露出愕然的表情。

「沒錯，事實上是完全相反……如果沒有她在身旁，我肯定會什麼都做不了……但那傢伙搞不好還是能想辦法堅強地活下去。」

「……天酒？」

「因為，即使是我不在的時候，她其實還是非常堅強。」

因為馨的這句話而受到最大衝擊的人，是我。

我就一直站在牆邊，連眨個眼都做不到。

「你好像在說什麼……很嚴肅的話題？」

「不，鳴上，妳不用在意，我只是在自言自語。就像是老奶奶先過世後，通常老爺爺也會跟著早死，但老爺爺先過世時，老奶奶還是能活得好好的，類似這樣的話題罷了。」

「天酒，你在講什麼呀？你有時候講話真的滿奇怪的。」

兩人開始偏離原本的話題，聊些無傷大雅的事，所以我就靜靜地離開了。

並非是因為馨對其他女生傾吐真心話而感到忌妒這種滿懷青春煩惱的理由。
嗚上說的話也是合情合理。
只是，我一個人的時候……
「哇！」
我跑過道場側邊時，在轉角撞上一個人。
「真紀，怎麼了？」
「……由理。」
是由理。他抓住衝向他的我的雙臂。
他身上穿著制服外套，脖子上圍著質料高級的素雅圍巾，一副準備要回家的模樣。看來委員會開完了，他是來接馨回去的嗎？
「真紀，妳臉色很蒼白耶，而且身體好冰……該不會是看見幽靈了吧？」
「不是因為這樣啦。不，我的確有看到怨靈……」
我前言不搭後語，眼神飄忽。敏銳如由理，立刻側頭從我肩膀上方看向後頭情況。
「馨在那裡耶。」
接著，他將自己的圍巾披在越來越冷的我身上。
「就快去修學旅行了，千萬不能生病喔。是說，這本來應該是馨的工作啦……」
面對看起來很冷的我，他是那種會連自己的外套都脫下來給我穿的聖人君子，所以我慌忙大聲說「沒問題的」，腦袋仍是一團混亂地再次跑開。

這樣下去，由理會變成全裸吧……

由理沒有特別出聲叫住我或是追上來，想必是從我的舉止中察覺到不對勁。

總之，我現在只想向前奔跑。向前跑、向前跑，讓身體暖和起來。

從朝我逼近的、有如「回答」般的東西逃走，穿過黑夜，跑向淺草。

沒錯，朝向那個我嚥下最後一口氣的市鎮——淺草——奔跑。

〈裡章〉馨在鬧彆扭

「對了，天酒，練習比賽前你離開了一下道場，是跑去哪裡？」

「啊？啊……沒啦，去一下另一邊。」

「另一邊？道場的？」

不，是另一邊的裏空間，稱為「狹間」。

我沒辦法誠實回答劍道社的鳴上，只能模稜兩可地帶過。

因為手鞠河童們跑來找我求救，說裏明城學園出現了奇怪的東西。

但我在那裡看見的卻是真紀和安倍晴明的轉世——叶。

他們那時正在講的事，我從來沒聽過……

「嘿，馨。」

「由理。」

劍道社的練習比賽結束後，重獲自由的我一走出道場，就看到由理等在外頭。

「委員會也開完了，我想說找你們一起回家，但社辦裡沒有人，我就過來這裡等。」

「啊啊……真紀已經回去了吧。」

「是呀，真紀先回去囉。只不過，剛剛她人還在這裡。」

「咦？」

「她像是臉色發青的埴輪土偶（註1）般跑走了。看她那副樣子，大概是打算從上野全速衝到淺草吧。」

即使由理沒有講得很清楚，我也能稍微察覺到，真紀的情況非常奇怪。

難道是她聽到剛剛我和鳴上的對話了嗎……？

我居然……居然沒有發現真紀來到附近。

註1：埴輪是日本古墳時代特有的陶器，擺在古墳中死者周圍。

「啊啊啊～～」

「在你明顯沮喪時這麼問真抱歉，但發生了什麼事？是被真紀撞見了外遇現場嗎？」

「你不要面帶微笑地不經意補刀可以嗎？」

那怎麼可能啦！要說外遇，我們根本……不對，現在是講這種話的時候嗎？

「沒有。我只是……說了真紀很堅強。」

「對真紀嗎？」

「不是，對女子劍道社的鳴上。鳴上好像對真紀有一些誤解，所以我就說那傢伙……很堅強，就算我不在她一個人也能過得好好的，其實非常可靠。」

我這麼說之後，由理立刻臉色大變。

「哎，這個呀……馨，如果你是認真這麼說的，不如再去死一次好了。」

我心頭一凜。這傢伙偶爾會做出非常辛辣的發言，所以這次我也沒有特別在意，可是那一瞬間，從由理身上感受到了像是過去的鵺那般詭異奇特的靈力。

「開玩笑，開玩笑的啦。」

「可是聽起來不像在開玩笑耶……」

看到我害怕的模樣，由理表情有些為難地輕輕搔了搔額頭。

「該怎麼說呢？感覺有一點奇怪。打從在幼稚園相遇一直到現在為止，你們兩個的關係都穩定到讓人覺得恐怖的程度。我沒想過，竟然能親眼看到你們陷入這種充滿青春氣息的僵局……起因果然還是叶老師講的那個『謊言』？」

「啊啊，那是當然的呀。就算我努力叫自己別在意，結果還是會很在意。」

我們踏出學校，今天也不搭電車，走路回淺草。

我邊走邊跟由理說剛剛我闖進狹間後，看到真紀和叫的事。真紀和叶之間的對話，氣氛雖然算不上好，然而站在那裡的，是我不曉得的真紀。

不對。所有的一切都不對。我不知道。

『我們不是在臨終時一同死去的交情嗎？』

『你還想再被我殺一次嗎？』

茨木童子直接找安倍晴明對決，還殺了他，這件事我從來沒聽過。

茨木童子在一条戻橋被渡邊綱的「髭切」——沒錯，就是現在居然落到陰陽局津場木茜手中的那把刀——砍斷手臂，然後在羅生門被源賴光與渡邊綱殺害。

那既是史實，也是她自己憤恨講述過的臨終時刻。

「馨，你為什麼會在意那個呢？因為對方是安倍晴明嗎？」

「那當然是會有影響吧。」

聽了我坦率的回答，由理露出苦笑。

「我很清楚那兩人在千年前年輕時的關係。確實，茨姬是有一點點崇拜安倍晴明強大的力量。雖說安倍晴明在照顧她時，總是一臉嫌麻煩的表情。」

啊啊，這我也曉得。那副模樣，我從那棵枝垂櫻上看過無數次。

每次酒吞童子從枝垂櫻上窺視茨姬時，身穿日常打扮狩衣的安倍晴明就會現身，一臉嫌麻煩的神情，重新展開結界，牽制酒吞童子的行動。

我擅長結界術，但只有那傢伙的結界我沒辦法打破，從來都無法如願以償地碰觸到茨姬，只能遠遠從那棵枝垂櫻上望著她。然後，有一天茨姬突然被迫從那個屋子搬到晴明的家。聽說是她爸媽拜託晴明，暫時讓茨姬借住他家。因為只要茨姬在，就會有像我這種妖怪之輩每天晚上靠近屋子。

「啊啊，所以我也曾這樣想過。雖然那個時候，酒吞童子將變成鬼的茨姬擄來，糾纏不休地向她求婚，她才終於願意敞開心扉，但到頭來，茨姬當時的情況就只有這個選項了，不是嗎？那傢伙……要是一直都是人類，比起酒吞童子，應該會與安倍晴明……」

……墜入情網才對吧？

我不是認為茨姬沒有喜歡我。現在也是，真紀的愛明明白白，甚至到了煩人的程度。

但是，那或許是因為酒吞童子救了茨姬一命吧？

與其說是愛情，會不會更像是感激？

那傢伙現在也還在向我報恩……

「唔哇啊！」

眼前的由理一臉不敢領教的神情望向我。

「由理，你幹嘛啊？突然『唔哇啊』地大叫。」

「我就知道你果然是在鬧彆扭，這種青春煩惱實在太不像你了。」

「你現在是把我當成傻瓜嗎？你這傢伙，一定是把我當傻瓜看吧！」

他也不否認，「哈哈哈」地笑著蒙混帶過。不愧是由理。

「總之，對你來說既是仇敵，又是讓你最為自卑的安倍晴明這個男人，知道自己的老婆茨姬——不，真紀的祕密。你無法克制對這件事的忌妒，而且，自己居然什麼都不曉得。」

「為什麼你是用說明的語氣啦？我是沒辦法否認沒錯，但你居然還補刀……」

「哈哈哈，不過那是沒辦法的事情喔。畢竟你死得最早，對於後來發生的事，你只能靠想像的吧。」

在我們之中，第一個死掉的確實是酒吞童子。

後來多活了一段時間的茨姬和鵺，他們的事情除了他們說出口的部分以外，其他我都不曉得，沒能親眼看到。

「果然……全都是在酒吞童子死後才發生的嗎？」

「你說真紀的『謊言』嗎？應該是吧。我想應該是她與酒吞童子死別之後的事。話說回來，其實我也不曉得，只是推測罷了。」

「我不懂呀……雖然不懂，但又沒辦法問清楚。真沒用。畢竟就算真的問了，我也什麼都無法回應。」

因為不只是真紀的謊言，我連安倍晴明所說的我自身的謊言，也完全沒有頭緒。輕聲的嘆息，轉瞬間就在深秋寒風中散去、消逝。

由理看著這樣的我，一臉困擾地嗤笑。

「我覺得，你們兩個像這樣對彼此感到困惑、內心掙扎，也不是壞事。畢竟你們之前的關係實在太理所當然了，該說是太像一對穩定的老年夫妻嗎？」

但他的表情立刻又變得認真，繼續往下說：

「可是，我希望你們就算吵架，最後還是要和好。希望你們能順利發展，快快樂樂地生活。希望你們再次墜入愛河。」

「……由理。」

由理今天講話的方式，語氣相當飄渺，又像在諄諄囑咐。

我想起過去，酒吞童子也經常像這樣找鵺商量各種事情。

鵺的聲音，還有他的話語，蘊含一種特殊的力量。如果將它化作一種術法，那就是言靈了。

「我生活在現代這個時代，體會到一件事。正因為這個時代裡，人與人之間的關係往往變得過於機械式，所以信賴別人、愛別人，是非常需要勇氣的事。人們有時候會覺得靠近某人、撒嬌、依賴是弱者的表現，但我不這麼認為。畢竟，陪在誰身旁一起活下去，辛苦的事情應該比獨自一人要承受的還要多。雖然，同樣地感到幸福的瞬間也會增加吧。」

「……」

「千年前把你們兩個拉到一塊兒的人是我。是鵺告訴了酒呑童子茨姬的存在。如果是這件事造成那場『命運』，那我的罪過非常巨大。」

由理抬起頭，凝視著那座高高聳入雲霄、淡淡散發魅惑紫色光芒的晴空塔，然後將視線移向晴空塔旁邊，與其靜靜相伴、高掛夜空的月亮。

「不過，我還是覺得你們是必須相遇的。命中註定的夫婦另外一場命運，我得再次守望到最後才行。」

「那跟你的『謊言』有什麼關聯嗎？」

「這個呀……或許如此呢。」

由理只模糊地回了這幾個字，就闔上雙眼陷入沉默。

月光的靈力清淡灑落在他纖長的睫毛上，畫面唯美。月光與由理的靈力相呼應，震盪碎散而逝。

儘管如此，這傢伙……一點都沒有要告訴我那個「謊言」的意思。

但他的態度如此泰然自若，反倒令人心無芥蒂。

「……要買什麼回家呢？」

「已經在想貢品的事囉？」

「希望她會讓我進家門。」

「馨，你好像忘記約定的老公喔。」

約定——這兩個字在內心引起波濤，心緒無法平復。

我該不會，忘記了什麼非常重要的事吧……？

「欸，馨，如果你要買東西回去，『梅園』的蜜豆寒天怎麼樣？」

「啊啊，梅園的蜜豆寒天真的很好吃。放了很多帶著鹽味的赤豌豆，還有質樸卻深奧、口感討喜的寒天。真紀也喜歡吃那個。」

「我順道買些金鍔燒好了，若葉和我媽都喜歡吃，買幾個帶回家給她們。」

明明一直到剛剛都還在聊超級嚴肅的事，現在話題卻自然地轉移到淺草美食上。

「梅園」位在淺草寺附近，擁有超過一百六十年的歷史，即使在淺草也能算是超級有名的甜品老店。我們朝著它走去，各自購買要帶回家的蜜豆寒天和金鍔燒。

我提心吊膽地回到家，結果真紀非常正常地開門，像是什麼事都沒發生過一般讓我進屋，笑臉似乎反倒比平常燦爛，一直嘻嘻笑著說個不停。

晚飯的餐桌上，擺滿我喜歡吃的菜。

醬煮鰈魚、小黃瓜和蟹肉棒的中式涼拌、燉煮里芋，還有滿滿是料的蔬菜味噌湯。特別是醬煮鰈魚，平常就算我說想吃，她也會嫌麻煩不想做，說她不是很擅長醬煮魚料理。

我大力稱讚晚餐實在是太豪華啦、好好吃喔，真紀聽了顯得相當高興。所以我想，這些應該是她後來一路衝回來，趕緊去買材料，拚命做出來的吧。

一想到她是想讓我開心，就不知怎地突然很想哭。

真紀，對不起。

妳的事、妳說不出口的那些話，我什麼都不曉得。

卻只是一直因此覺得好孤單、好懊惱。

第四章 貴船的水神

我作了一個清清淺淺的夢。

是夢到了什麼呢？閃耀、滑溜……

咦？半透明、四角塊狀又冰涼的寒天，還有帶著鹹味、圓滾飽滿的赤豌豆，在玻璃器皿上翻滾、舞動。上頭還擺著一顆鮮紅色的櫻桃，淋著滿滿的黑糖蜜。先欣賞一下清爽宜人的外觀，再送入我的嘴……

「真紀……真紀……」

「唔唔，蜜豆寒天……我想吃梅園的蜜豆寒天……」

「昨天不是吃過了嗎？喂，該起床了，真紀，京都到囉。妳不是要去貴船嗎？」

一如往常被馨搖醒後，我拿下眼罩，從新幹線的車窗向外面望去。

啊，是京都塔。聳立在京都車站正前方，由紅色和白色組成、形貌特殊的瞭望塔。

終於，又回到這裡……

這塊土地的樣貌可說是和千年前截然不同了，但下車那瞬間感受到的，令人懷念的古都氣息，讓我和馨，甚至是由理，都不禁露出感慨的神情。

老師在車站內的空曠處再次宣布完注意事項後，學生們就立刻朝各自的目的地鳥獸散去。

從京都車站搭電車，一路搖搖晃晃地北上，終於抵達貴船。那是京都的後花園。

位在貴船山和相鄰的鞍馬山中間，水量豐沛的知名溪谷。

貴船河岸邊旅館林立，夏季還可以看到設在河流上的筵席「川床」……

「好、好冷喔。」

「空氣中飄滿負離子，夏天時應該沒有比這裡更涼快的地方了吧……」

一到貴船，耳邊迴盪的都是流水聲。如果是夏天，應該會帶來令人無比暢快的清涼感受，但現在已經邁入秋季，有一點太涼了。

「貴船神社也是知名的賞楓景點喔，現在剛好是楓紅的時節不是嗎？」

正如由理所言，坐鎮在貴船川上游的貴船神社，覆滿正面參道的繽紛楓葉相當壯觀。朱色鳥居、燈籠，還有紅色、黃色、綠色等漸層豐富繽紛的楓葉相互輝映，景色美不勝收。

那兒傍著貴船川的水流，將水神——高龗神做為主祭神奉祀，是一間歷史悠久、擁有許多軼事的神社。

貴船做為地名時念作「kibune」，但做為神社名時念作「kifune」。潺潺流水就連聲音都清澈靈透。

我們先像普通觀光客一樣，走上參道石階，到本宮參拜。

「這樣說來，過去酒吞童子和茨木童子就是在這裡的高龗神面前宣誓永恆的愛，對吧？當時這裡是有名的約會地點之一呢。」

「由理，你幹嘛笑得那麼邪惡？」

馨只要被提及到這段過往回憶就會渾身不自在，表情頓時變得怪異。

「馨，這沒什麼好害羞的吧？在過去，這裡的確是戀愛結緣相當靈驗的神社，從平安時代開始就是如此。愛情就是最重要娛樂的那個時代，有很多人會特地前來貴船神社參拜。」

我們站在某棵杉樹前，談論著這個話題。

「某棵杉樹」指的是貴船神社裡，杉和楓相連朝天際生長的神木，稱作「連理之杉」。不同種類的樹木相偎相依的形貌，也被拿來比喻夫婦感情融洽。

「是說，貴船神社同時是跟那個『丑時參拜』頗有淵源的地方就是了。」

丑時參拜，那是在平安時代也相當盛行的咒術之一。

傳說內容大致上是，受到忌妒心支配的女人，身穿全白裝束，頭頂點燃的蠟燭，用釘子將稻草人釘在神木上。聽說連續執行了七個夜晚之後，就能咒殺憎恨的對象。

不過這個知名的傳說，由來其實是在此地進行「丑時參拜」的「某個鬼女」……

「大家都不曉得，丑時參拜的真相，其實是『茨木童子』因為老公『酒吞童子』一直不在家，長期獨守空閨而憤怒發狂後幹下的好事……」

「喂，馨，你很煩耶。我剛剛為了避免被吐嘈，都已經乖乖閉嘴沒講話了。那明明是為了祈求去隱世的老公能平安歸來、健全良善的儀式。」

當時酒吞童子因為工作出遠門後，很長一段時間都音訊全無，茨木童子為此每晚都來貴船參拜，祈求他能順利歸來。

「是高龗神教我的喔。他說，只要在貴船明神降臨的『丑年丑月丑日丑時』來參拜，願望就能實現。不過，或許那個畫面對人類來說還是太刺激了吧？結果被說是鬼女的詛咒。加上那幾個眷屬又在旁邊晃來晃去，居然連丑時參拜能召喚妖怪這種說法都出現了……」

「……」

真是恐怖的妻子——馨和由理看起來就想這麼說。

哼，沒辦法呀，畢竟我是鬼妻嘛。無論我進行多麼健全良善的祈禱，從不相干的人看來，毫無疑問就是鬼的新娘……畢竟我是以鬼的身分出嫁的呀——

『親愛的孩子們，歡迎來貴船。』

剛好在這一刻，腦內突然響起一道聲音，我們三人不約而同地抬起臉。

瞬間，腳下突然一陣鬆動。原本我們一直都在貴船神社境內，但腳下突然開了一個黑色大洞，我們三人就朝幽暗的洞穴直往下墜。

「龍穴……」

我們並沒有特別慌張，邊掉落邊調整姿勢。

貴船、氣生嶺、氣生根（註2），正如同這些語源的含意，這裡是大地靈氣誕生匯聚的源頭。

我們邊感受從下方轟然逼近的巨大能量，邊朝龍穴深處落下。

沒過多久，就掉到某個柔軟的東西上，反彈了一下。

在墜落的半途，似乎有個果凍狀的流水墊子。

我們被反彈躍起、順勢滾動，在那東西的保護和引導下，慢慢降落到地面上。

從生苔的水晶壁面嘩啦啦地湧出貴船的湧泉水。

空氣裡充滿神聖的氣息，這個廣大的筒狀空間，正是日本三大龍穴之一——貴船山龍穴。貴船神社是建造在這個龍穴上的神社。

在光線透進的遙遠高處，從未見過的藍色和黑色蜻蜓正靜謐地交錯飛舞。

流水聲令人渾身舒暢。

從天而降的光線十分溫暖，卻又涼爽溫潤。

無比澄澈的靈力聚集的場所。

跟以前一樣，在這裡光是深吸一口空氣，就能受到滋養。

「好久不見了……我討人喜歡的朋友們。」

在正中央滿布鮮綠青苔的一處浮島，一隻巨大的龍盤踞於島上。
那隻龍神瞇起濕潤的深藍色雙眼，用慈愛的神情望著我們。
「高龗神……」
生苔的水藍色鱗片，銀白色的鬃毛。
長長身軀有無數隻腳，腳上抱著水珠。
啊啊，沒錯，這就是美麗而高貴的貴船龍神。
面對那股凜然聖氣，我們下意識地雙膝跪地、低垂下頭。
「抬起頭來，大妖怪靈魂的容器，不需要客氣。」
「那我就不客氣囉，好久不見啦，高龗神。」
敬畏之情只維持一瞬間，我們立刻就站起身，恢復平常的神態。
但這位名聞遐邇、地位崇高的龍神，一看到我們這副模樣，臉上就滾落大顆淚珠，喜悅之情溢於言表。
「嗚嗚……這種無理至極、毫不客氣的德性，才是我可愛的鬼之子呀。」
「高龗神也是跟千年前一樣愛哭，都沒變耶。」
只要這位龍神一流淚，神水就會像瀑布般汩汩流出。

註2：貴船在古時也會寫作「氣生嶺」或「氣生根」。在日文中，這三個詞的讀音非常相近。

過一會兒，巨大龍神的淚水漫過青苔浮島的岸緣，變成一顆顆晶潤有彈性的水珠。跟之前來找我的水精靈很像，這麼說來……

「好像寒天喔。看到這個，我就想起昨天吃的蜜豆寒天……」

「妳這傢伙，看到什麼都會想起食物吧？」

馨不忘出聲吐嘈，但我只是撥開那些水珠，偶爾踩上它們當踏板，一路跳到高龗神的面前。

接著將雙手伸向近在咫尺的巨大龍鼻前。

臉頰貼上祂冰涼濕冷的皮膚，將我的靈力傳給這位神明。

「我回來了，高龗神。我轉世成人類囉，現在叫茨木真紀。」

「啊啊……啊啊，那鮮紅色的靈魂、氣勢威猛的靈力、蘊含堅強意志的雙眼，正是我可愛的茨姬不是嗎？」

過去酒吞童子和茨木童子夫婦，曾經因為各種事情，好幾次特地來貴船，輕輕鬆鬆地跳進龍穴，請教這位神明的意見。

簡單來說，高龗神就像是一直守望著我們夫妻，有如母親般的存在。

「酒吞童子也一起轉世了嗎？在那邊的是鵺吧？歡迎。」

「好久沒能向您請安了。」

「您看起來很有精神，我就放心了。」

馨和由理仍帶著些許敬意，但高龗神望著他們的視線仍充滿慈愛。

「這麼說起來，高龗神，聽說祢得了圓形禿，在哪裡？」

「嗯……那個，在背後鬃毛上段的位置。」

方才的威嚴跑到哪兒去啦？高龗神一臉難為情的神色，態度扭捏地說明。好幾隻水精靈幫忙指點，所以我們就攀上龍背。

是說祂的身體，青苔實在是長得密密麻麻，害我滑了好幾跤。

撥開銀白色的鬃毛，確實有一塊圓形的毛被拔光了。

「啊啊，難道是這裡？的確是有點化膿了耶。」

「這個不能叫圓形禿吧，應該是小洞穴了。」

正如馨所說，那塊圓形的大小實在不適合叫圓形禿，而是一個過於巨大的洞穴。

「要站穩喔。這個洞穴裡……十分『混沌』喔。高龗神是和『闇龍神』表裡一體的龍神，兼備了山頂流出的聖潔神水，還有承接神水的谷底幽暗這兩者的特質。」

由理彎下腰專注地凝視那個洞穴。

那兒和貴船澄澈的清水完全相反，像個烏黑混濁的水池。

「是誰拔掉祢這裡的毛啊？」

「啊啊，那個呀，有個傢伙擅自闖進這個龍穴，拔去我的鬃毛。大概是鞍馬山的天狗……」

「鞍馬山的天狗……」

「我看到一個有黑色羽翼的修行者。」

那確實是鞍馬山的天狗。

但鞍馬山的天狗為何要拔高龗神的鬃毛？

他們雖然一妖一神，但就住在隔壁，印象中感情一直頗為融洽，最近發生了什麼變化嗎？

「傷口太大了，在我體內的混沌很有可能滿溢到外界，那會讓貴船川的清澈流水瞬間變得混濁，而且，我身體癢得不得了。茨姬，拜託妳，你們能不能幫我想想辦法？」

「當然。為了祢，我還從阿水那邊拿了特殊藥材來。」

我伸手進包包裡摸索，拿出兩個裝著祕藥的小壺，還有阿水親手寫的字條。

這個藥是貴重到根本沒擺在店頭、能夠解決眾神明問題的超強祕方，價格也是時價。

「我看看。嗯，他說首先要將傷口弄乾淨，清潔一下。」

「欸，真紀，有什麼東西正從傷口浮出來了耶。」

「咦？」

我朝由理隨手指的方向看去，圓形禿那片沼澤裡的確有個東西凸起來。

那是什麼？我膽顫心驚地輕輕碰一下，再一口氣使勁拔起來。

「唔哇啊！」

我大吃一驚，那是一根比我的身高還長的巨大金棒。

「這不是以前茨姬使用的那根金棒嗎？」

「啊啊，好懷念喔！大江山的鍛造工坊製作的金棒之一。」

「真紀拿著這個，看起來簡直就像是過去的茨姬一樣。」

馨和由理都因出現在這種地方的千年前物品而興奮起來。

沒錯，大江山以前其實是一座非常優良的礦山呢。

我們大江山的妖怪以酒吞童子為首，大夥都致力於磨練製鐵技術，大量生產刀和金棒，漸漸累積財富。

茨姬有一段時間也很愛用這根金棒當武器，這是某次有求於高龗神時獻上的供品。至於她求的那件事，就是剛才提過的丑時參拜緣由。

「喂，又有什麼開始冒出來了耶。」

「沒辦法，全部拔出來好了。」

我捲起袖子，讓馨撐住我的腰，朝那東西伸長手。

那東西浮浮沉沉地，我驀地將手插進那片沼澤中，抓住那個東西，使勁拉出來。因為用力過猛，連馨都一起跟著朝後方摔倒。

「啊啊啊，這是什麼？頭髮？」

嚇死人了！那是沾滿黏糊混沌的一束黑髮。

「啊……」

成為我的肉墊的馨，對那束頭髮似乎有印象。

「那個可能是酒吞童子的頭髮。」

「咦咦！」

「有一次來這裡請高龗神分我一點特殊的神水時，曾經剪下頭髮當作供品。總覺得好懷念呀。」

由理「哦」了一聲，饒富興味地觀察那束頭髮。

「太神奇了。上輩子身體的一部分，以當時的模樣保存到現在耶。」

「唔，感覺不太舒服，而且還黏黏的。」

「用那邊的水沖一下就乾淨了，我來吧。」

從高龗神的傷口裡，過往供奉的供品就像拔芋頭似地接連不斷冒出來，我們就將那些東西一一拉出來。

「話說回來，高龗神，祢身上全是青苔耶。原本鱗片會閃閃發光，很漂亮的。」

「那是因為從傷口漏出來的混沌的緣故，不管我怎麼洗立刻又髒了。畢竟乾淨的水非常容易弄髒呢。」

祂憂心的話語，融進從龍穴壁面上傳來的水聲裡。

高龗神身體會發癢的原因，說不定不光是出於這個傷口的緣故。

「好，那先讓我來幫祢洗刷身體吧，阿水的紙條上也有寫要保持清潔。」

「啊？」

馨和由理兩人露出驚愕的表情，像是在問：「真的假的？千里迢迢跑來京都幫龍洗澡？」

「嘻、嘻。」

水精靈們滾過來，將不知從何處變出來的長柄刷子跟水桶交給我。我迅速脫下腳上的運動鞋和襪子，將水手服的袖子捲高，長髮也紮成一束馬尾。

「好～我來刷鱗片，馨拿水來沖掉汙垢，由理則麻煩你繼續把剛剛拉出來的供品洗乾淨。」

遭人拔掉鬃毛、從傷口漏出的混沌弄髒了身體，這的確是事實。但不光是如此而已，高龗神的神力比千年前稍弱了一些。

或許是受到時代的影響吧。

「什麼呀，好像在打掃游泳池喔。」

馨活用結界術製造了一條細長水管，從龍穴水潭中引水。

「馨，你要拿著水管跟在我後面是沒關係，但不要一直盯著人家赤裸的雙腳看喔。」

「……誰要看呀。」

但他的尾音聽起來有些僵硬。

高龗神全身都長滿青苔，但在擁有怪力的我努力刷洗下，肯定能刷得清潔溜溜。

我刷掉青苔，然後馨立刻用水沖乾淨。

由理也施展淨化的咒術，將拉出來的供品一一洗淨。

誰想得到前大妖怪來京都，居然是來盡心盡力地幫龍神保養全身呢？

另一方面，高龗神因為身體被刷洗，看起來好像很舒服，放鬆癱軟著。那樣子大概稍微有些按摩的功效吧。

「好，鱗片都閃閃發亮了！」

經過仔細刷洗後，高龗神的半透明鱗片閃耀著光彩，恢復原本細緻的水藍色光澤。剛剛身體還是沉鬱的暗綠色，現在和清澈河水是相同的顏色了。

最後，用乾淨的布擦拭傷口周圍。

「那個，朱色祕藥是『採用火蜥蜴尾巴的軟膏』，塗在傷口周遭；藍色祕藥是『琉璃寶王的藥丸』，要塞一顆進傷口。」

我按照阿水紙條上的吩咐，先從寫著朱色祕藥的小壺裡挖出軟膏，專心抹上傷口。高龗神大概是覺得很癢，動來動去的，我張開雙腳努力站穩，避免被甩下去。

最後，我將一顆藍色祕藥塞進那個混沌的洞裡。那像是麥冬的球形漿果，藍黑琉璃色的藥丸。

有一段時間都沒有產生任何變化，我不禁擔心起阿水給的藥到底有沒有用，但那片混沌慢慢地開始冒泡。

「怎麼覺得好像丟進排水溝的除臭藥一樣。」

「不要講這種噁心的話啦。」

突然，傷口迅速癒合。但就算傷口癒合，還是沒有長出新的鬃毛。要是一點都長不出來，或許就永遠是圓形禿了……

我一步步踩著馨做的立方體簡易結界往下走，最後踏到青苔浮島上。

高龗神再次醒過來，張開大嘴巴打了個呵欠。祂吐出的氣息讓我們三人的頭髮都飛揚起來。

「嗯～太舒服了……心情也很舒爽，好像連肩頸腰的痠痛都全部好了。」

「雖然傷口順利癒合了，不過祢偶爾還是要出門去外頭運動一下比較好啦。祢的肌肉有夠僵硬。」

身體刷洗乾淨，傷口也癒合了，高龗神的臉色豐潤明亮起來，露出滿面笑容。

「那就開始謝宴吧。我事先特別準備好珍藏的川床料理囉，讓我們開宴會，聊一聊你們現在的生活吧。」

眾多水精靈們邊齊聲發出「嘻、嘻」的叫聲，邊有如生產線般動作俐落地工作，在這個龍穴的水流上搭建一個川床。他們在架高的平台上擺好榻榻米，立起朱色和傘、朱色六角立燈後，又在漆製的黑色桌面擺上川床料理。

「哇，看起來好好吃！香魚……生豆皮跟生麩、燉煮京都蔬菜。啊，山豬鍋！」

中餐時間早就過了很久，剛剛忙東忙西又消耗許多靈力，再加上我們沒吃午餐，現在肚子真是餓得不得了。

「新鮮的香魚生魚片。大概是因為牠們平常都在貴船清澈靈透的水裡游泳，肉的顏色就跟溪水一樣透明而緊實，很好吃呢。」

由理望著透亮的香魚生魚片垂涎欲滴。

「喂，你們看，是自撈豆皮耶，總算有一餐是京都風味了……啊，真好吃。」

馨對於能用筷子從長柄竹桶內的溫熱豆漿撈起生豆皮來吃感到非常興奮。

將黏稠絲滑的半生豆皮，稍微沾點裝在小碟子裡的日式醬油，一口送進嘴裡。這是令人心癢的奢侈享受。

「山豬鍋山豬鍋山豬鍋！」

至於我呢，全副心神都被許久未吃的山豬肉奪走了。

究竟是誰、在哪裡宰殺的呢？趁新鮮切成薄片的山豬肉，配上白菜和蔥一起在味噌湯底中熬煮的火鍋料理。

啊啊，就是這個沒錯，殘留著野性氣息的豪爽肉味。

「真的是好久沒吃到山豬肉了。」

「說起來，茨姬以前就很愛吃山豬肉呢。」

「嗯，沒錯，這附近的山裡有很多山豬。獵山豬，吃牠們的肉，我才會變成強大的鬼。我最愛山豬了。」

馨和由理聽了，轉頭對望一眼，不約而同地聳聳肩。

實在是太豪華了。無論哪道菜都是主菜等級，淨是美味的當地名產。

後來又端上熱騰騰剛煮好的白飯，還有像是茶色香鬆的東西。

「啊，這就是知名的『山椒魩仔魚』吧。之前我在電視上看到貴船特輯時就有記下來，聽說配飯吃很美味～」

山椒魩仔魚是將魩仔魚和山椒一起煮熟，口感刺激麻辣又帶甜味的香鬆。據說是這一帶的知名伴手禮，不容錯過的美味。

我在冒著熱氣的白飯上，擺上大量山椒魩仔魚，大口吃下。

嗯，好好吃～山椒風味是偏向大人口味呢。

這個或許很適合當成送阿水的伴手禮。他喜歡吃辣，肯定會高興才對。

「還有呀，高龗神，我想你應該知道，我現在一面讀高中，一面和淺草妖怪過著充實有趣的日子。」

我開心講話，馨出言吐嘈，由理偶爾笑著放冷箭，高龗神則用如同母親般的和藹眼神，凝望著這幅談笑畫面，專心聆聽。

豪華的川床料理對於貧窮的學生來說，是至高無上的享受。

盡情享用貴船特有的佳餚後，剛剛消耗的靈力也都補滿了。

「啊……」

鮮紅楓葉從龍穴上方緩緩飄降，最後落到我的大腿上。

這裡並沒有天花板，到底是從何處飄下來的呢？

這個空間是有神明鎮守的神域。

像是妖怪狹間的原型，也能稱作是更為古老的力量創造的結界。

即使我抬頭望去，上方仍是只有交錯飛舞的蜻蜓、透進來的光線、以及搖晃的水面。這裡不是水中，卻像是從水裡望向水面。

「差不多該走了吧？我想順道去鞍馬山一趟。」

「嗯，也是呢。」

「謝謝祢的招待，高龗神，還有各位水精靈。」

我們站起身打算告辭，走出川床穿上鞋子。

「你們要回去了嗎？可愛的孩子們。」

「我們還會再來的，人生還長得很呢。而且現在搭新幹線，從東京到京都很快，睡一覺醒來就到了。」

高龗神看起來還是頗為落寞，但仍舊吩咐水精靈將某個東西拿到我面前。

「這是過去你們獻給我的供品，當作今天的謝禮還給你們。拿去吧，將來一定會派上用場的。」

咦？這根鬼金棒和酒吞童子的頭髮嗎？

「該怎麼帶回去呢？拿著鬼金棒走在路上，肯定會被抓去少年輔導。」

「沒辦法，總之我在塑膠袋裡做一個簡易結界，先丟進去裡面吧。」

「咦？什麼呀，太隨便了吧。」

馨從包包裡取出不用的塑膠袋擺在面前，雙手合掌，施下獨特的結印。我想他大概是在塑膠袋裡做一個能當倉庫的大型結界吧。

目前也沒有其他運送方法，我將鬼金棒和酒吞童子的頭髮放進那個塑膠袋裡。

雖然一切有點混亂，但最後我又再次蹦蹦跳跳地跑到高龗神面前，抱住祂的鼻尖。

「拜拜，謝謝祢一直等著我們，高龗神。」

千年這段光陰，對這位神明來說並不算太長。

但這位母親，一直翹首盼望我們投胎轉世，盡快召喚我們相見。

「啊啊，下次再來吧，親愛的孩子們，謝謝你們幫我清洗和治療身體。」

啵啵啵……泡泡翻滾的聲音，在耳裡越來越遙遠。

「……」

等我們回過神來，人已經站在貴船神社的境內。

時間正好是下午。

頭上鮮紅的楓葉在金黃陽光的照耀下，葉片毫無聲響地飄落腳邊。

從那個龍穴出來後，世界的色彩總會益發鮮明。

第五章 鞍馬天狗的行蹤

「呼……呼……從貴船去鞍馬，果然不應該走山路啦。」

「從貴船這邊過去實在太陡了。不過，這座山依然有不得了的東西在呢。」

鞍馬山。

與貴船相鄰的這座山，在大家印象中似乎是有天狗出沒的山，或者是牛若丸修行的場所。

但若問我們的意見，這裡可是京都靈力最強的地點。

擁有龍穴的貴船也很厲害，但鞍馬山更加嚇人。沒錯，嚇人。

驚人的強大靈力，使得周遭磁場歪斜，山裡的樹木都變成不可思議的形狀，彎彎曲曲、糾結纏繞。

貴船和鞍馬以山路相連，所以只要沿著路標爬山，就能健行往來兩地。

「啊……」

半路上，遠方雷聲轟隆隆地響起。

「糟糕，看來要下雨了，天氣預報明明說今天一整天都是晴天耶。」

就連平時很沉穩的由理，口氣也不禁透出少許焦急。

「等等、等等、等一下，我們正在登山耶。在這種山裡遇上大雨，一般來說會有危險吧？」

「沒辦法了，只好先別管要像個普通人類這件事了。」

如馨所言，我們放棄用體力和雙腳步行登山這種一般做法，發揮靈力飛也似地在山間跳躍移動，輕巧的移動方式簡直像天狗或修行者。

「這麼說來，像妖怪般的移動方式，我就是向這裡的大天狗學的。」

「那個大叔不曉得好不好？」

千年前，原本只是個普通公主的我，為了進化成能夠戰鬥的鬼，需要大量修行。當時，就是此地的大天狗，教導我妖怪使用靈力的方式還有移動的技巧。

「話說回來，都沒遇到天狗耶。」

組長明明說過鞍馬天狗在京都妖怪中，也算是一大派閥。

「喔，是魔王殿。」

輕快跳躍前行了一會兒，氣氛突然改變，我心中一驚，下意識地抬起頭。

冷冽清新的空氣滲進肌膚，山的靈力繃緊。

我們抵達鞍馬寺的奧之院「魔王殿」。

這裡已經相當深山，魔王殿在高聳杉樹的圍繞下，靜悄悄地矗立其中。

它的規模不大，但魔王殿所在的地點，是鞍馬山靈力最強大而集中的源頭。

光是魔王殿這個名字，聽起來就十分不祥。

殿裡十分昏暗，雖然排著好幾張長椅，但一個人影也沒有。

「好奇怪，那個大天狗大叔，千年前老是待在這附近呀……」

大天狗不在此地，馨顯得有些遺憾。

雨滴滴答答地落下，我們決定暫時在魔王殿躲雨。

轟隆隆、轟隆隆……啪唰……

雷聲轟然作響、氣勢萬千，地點又是魔王殿，周遭瀰漫著一股詭譎氣息。

這裡太過深山，手機也收不到訊號，要是這場大雨一直下到晚上該怎麼辦？

「鞍馬寺的魔王殿傳說是六百五十萬年前，護法魔王尊從金星降臨的地點，實際上不曉得是怎樣呢？大天狗難道是宇宙人嗎？」

在這種大雷雨中，由理緩緩道起與這塊土地相關的傳說。

馨伸手拍掉立領制服上的雨珠，出聲回應：

「那個天狗大叔是宇宙人呀？確實，現在回頭想想，真令人懷疑他為什麼能在平安時代就上知天文、下知地理……但他只是個不起眼的大叔啦。」

「就算是宇宙人也會有不起眼的大叔啊。但聖納大人怎麼都沒出現，該不會是衰老到連我們來了都沒發現吧？好久沒見面，還滿想看看他的，真可惜。」

大家嘴裡提到的那位是大天狗聖納大人。

他是這座鞍馬山的主人，也是一名修行者，每日潛心修行的大妖怪，曾教導酒吞童子劍術、兵法與結界術，換言之就是馨的師父。

茨姬過去也曾找他商量該如何運用自身龐大的靈力，從他身上學到許多事情。

如果說，對酒吞童子和茨木童子來說，高龗神是母親的話，聖納大人就是如同父親般的存在。

還有，高龗神剛剛說的事也令人十分在意。

祂說偷走自己鬃毛的就是天狗。

「啊，雨停了？」

直到方才都氣勢驚人的滂沱大雨，好像只是一場午後雷陣雨，很快就止住。

「馨，要怎麼辦？聖納大人完全沒出現，我們是不是該繼續前進了？」

「也是呢。再這樣拖拖拉拉，要是天黑就麻煩了，只好放棄吧。」

馨和由理低聲念念有詞，旁邊的我走出魔王殿，確認外頭情況。

雖然還下著如同霧氣般的小雨，但這程度無傷大雅。

我深吸一口氣，將山間清新潔淨的空氣盡情吸進身體裡。

好懷念。雨後香氣會特別明顯。

與千年前相同，盈滿靈力的大自然氣息……

「！」

這時，我突然察覺到一道銳利的視線，戒備地環顧周遭。

天狗嗎……？

不，不對。正前方，在遠處高大杉樹的旁邊，站著一位銀髮青年。

「……凜？」

一陣鈴聲像是直接在腦海裡響起般傳來。

銀髮青年一注意到我的目光，立刻咧嘴一笑，驀地飄然遠去。

「凜！」

我跑了起來。

因為我確信剛剛站在那裡的，是我非常熟悉的那個「凜音」。

「真紀？喂，妳不要一個人亂跑！」

馨發現我的異狀，立刻出聲制止，但我毫不理睬他的呼喚，全力追趕那個消失的人影。

凜。凜音……

千年前，跟阿水和影兒一樣是四眷屬的妖怪。

他與百鬼夜行的八咫烏騷動，還有闖進學園祭的惡妖有關。

而那些事件全都跟我相關……

「凜！你在的話，就給我出來！」

回過神來，我已經離魔王殿相當遙遠，來到鞍馬山知名的「木之根道」。

樹根扭曲盤踞了整塊區域，一個不可思議的場所。

在這座山裡，我再度揚聲大喊。

我好幾次呼喚凜的名字，聲音激盪出回聲，又漸漸消散在空氣中。

「呵呵，妳都沒變，還是喜歡神氣地命令別人。」

片刻過後，從頭上傳來笑聲。

我抬起頭，在粗大樹木的枝頭上，坐著一位繫著繩狀領結、身穿高雅黑色西裝的銀髮青年。

他雙腳上套著皮鞋，交疊雙腿，單手托在蒼白臉龐下方，低頭望著我。

銀色瀏海下的雙眸，左右顏色不同。

金色和，紫色……黃金之眼，是從我的眷屬八咫烏影兒身上搶來的。

「好久不見，茨姬，我一直很想見妳。」

「……凜，你這傢伙。」

咻咚！他降落到我面前，那瞬間，清脆的鈴聲響起。

旁分的銀色瀏海，從分線伸出的銀角上，果然仍繫著銀鈴。那是以前茨姬特別做給他的。

凜瞇細雙眼，緊緊盯著我。

「啊啊，妳這是什麼德性？」

然後用手指抵住緊皺的眉頭，非常哀痛地搖頭。

「原本那麼清高秀美的茨姬，居然變成這副一臉窮酸的人類小女生。」

「一重逢就講這種話很沒禮貌耶，你懂不懂啊？我揍扁你喔。」

他跟以前一樣有些裝模作樣，不過這才是貨真價實的凜。要說諷刺的語氣是他一貫的作風，那也沒錯，只不過，這句話應該不是他刻意挑釁，而是真心話吧。

所以，才更讓人惱怒。

我觀察他的模樣，同時開口詢問：

「凜，我有事要問你。為什麼搶走影兒的眼睛？學園祭時的那隻狼人，也全都是你一手策劃的嗎？」

「沒錯……因為我有必須完成的事。」

他的眼神意味深長，雨滴從那頭直順的銀髮滑落，弄濕蒼白的臉頰。

「必須要完成的事是指什麼？凜……你現在到底是出於什麼目的在行動？甚至搶走影兒的眼睛，還唆使狼人攻擊我。」

我從之前就認為，他應該是抱著某個特定目的在行動。

凜究竟是我的敵人？還是夥伴？

或者跟我沒有任何關係，而是另有自己的目的？

不，不可能，他的行動應該全都跟我有關。

「欸，凜，你不回來我們身邊嗎？阿水和影兒也在淺草，大家都感情融洽地一起生活，就像是那個時代的那個國度。」

他聞言一震，表情頓時大變。
那個時代的那個國度……
凜露出像是現在仍然無法忘懷、難以言喻的表情。
「哈！妳居然好意思講這種話。」
隨即亮出尖牙，嘴角浮現微笑。
「拋下我們不管的，就是妳。我的身體沒有妳就無法存活，可是……」
凜緊抓住我的手臂，把我一把拉近，並將臉埋進我的頸邊，露出銳利尖牙，打算狠狠咬下去。
是呀……凜，你想要我的血吧？
「凜，你變虛弱好多，對吧？」
「唔！」
我伸手環繞到他背後，輕輕拍撫，他驀地渾身僵硬。
凜是吸血鬼。
千年前，他恣意吸取大量人類的鮮血、殺害人類，是一個以鮮血滋養靈力存活的鬼，但有次聽說了大江山茨姬的傳聞，開始渴望茨姬特殊的血液。
不過，當時大江山的茨姬已經成了頑強的鬼，他想襲擊我時反倒狠狠挨了一頓揍，經歷各種事情後，結果變成我的眷屬，後來就是單靠吸我的血維生。

光看就能明白，他極度渴望我的鮮血。他想要的話，不管多少我都願意給。

凜雖然有些遲疑，但仍將牙齒緩緩刺進我的後頸。

「！」

那一瞬間，一道金色流星從眼前劃過。

不，是狐狸。從旁邊樹幹後方飛出來，猛然將凜撞到一旁的，是一隻擁有金色毛皮的狐狸。

我大感詫異。曾經見過的那隻金色狐狸，從凜的尖牙下保護了我。

「你是……我偶爾會在淺草看到的那隻狐狸？」

跟我在初春經常看見的那隻狐狸是同一隻。令人印象深刻的金色毛皮、柔和溫煦的靈力，都跟記憶相同。

為什麼？這裡明明是京都耶。

「啊？一隻野狐狸？是茨姬的新眷屬嗎？」

被撞飛到一旁樹下的凜，爬起身站好，用手指接下滴垂在嘴角的鮮血，伸出舌頭舔掉。

那是我的血。雖然他沒有用力吸，但我脖子還是受了點傷，後頸正隱隱發疼。

「……實在太誘人了，妳的血就是特別美味，能夠一解我的飢渴，宛如無比滋潤的一滴露珠。光是舔一口就能讓我這麼熱血澎湃，要是把妳全部吸乾，我不知道會變成怎麼樣呢？」

他順勢抽出插在腰間的刀，

「可是，我最討厭狐狸了。管你是金狐還是什麼，敢在我眼前晃來晃去，我就砍了你。特別是毛尖黑色的白狐……我最痛恨擅長耍詐的陰險女狐狸！」

「凜……你……」

「沒錯吧？茨姬，妳也是這樣吧！」

他用力高高跳起，眼神狂暴地揮刀斬向金色狐狸。

我立刻抄起一根樹枝飛奔過去，接住凜揮下的刀，對著金色狐狸大喊：「快逃！」

金色狐狸回頭朝我的方向看了一眼，接著如同輕風，一溜煙地往山上跑去。

「茨姬！不要用那種小樹枝，我們以刀對打吧！我的刀借妳。」

凜伸手打算拔出插在腰間的另一把刀。

「一決勝負吧！就像以前一樣，打到渾身是血，用靈力相互砍殺，賭上性命！」

他雙眼瞪得老大，臉上神情像是興奮至極的純真少年。

凜相當好戰，是個一逮到機會就要找我決鬥的劍士。

你還想跟我打嗎……凜。

「真紀！」

這時，呼喚我名字的聲音迴盪在山林間。

是馨。馨正在找我。

我抓緊凜的注意力因此分散的瞬間，從口袋中取出染血橡實，用力擲向凜的腳邊，立刻後退。

「什麼！」

橡實發出赤紅色光芒，引發小規模爆炸。我留意著四散木片和爆炸煙霧的同時，眼神銳利地緊盯著凜音站的位置。

不能小看凜。

要是放水，我自己也會輕易送命。這一點，我從千年前就非常清楚。

雖然他是我可愛的眷屬之一，但也總是認真地想要取我的命。

「真受不了，茨姬的這種招數，我不喜歡。還是用刀互砍才過癮吧？而且現在又來了一個討厭鬼。」

片刻後，在依舊裊裊升起的白煙中，凜毫髮無傷地現身。

他伸手拍拍黑色外套，長長嘆一口氣。

另一方面，看到那場爆炸找過來的馨，正朝我奔來。

他立刻就發現我後頸的傷口，也馬上就明白眼前這個男人究竟是何方神聖。

「你是凜音吧？」

在馨的面前，凜音迅速收回方才的激動情緒。

「酒吞童子……」

他對馨投以冷淡的視線，露出像是咬緊牙關的表情，但隨即「哈」地乾笑一聲，將刀收回刀鞘裡。

「算了……我的習慣是樂趣要放在最後享受。」

「喂，凜音！」

他不理睬馨的叫喚，正打算背對我們離去時，突然又想起什麼似地回過頭說：

「啊，對了，茨姬，告訴妳一件有趣的事。」

「有趣的事？」

「妳覺得為什麼鞍馬山的天狗都不見了呢？妳從剛剛就一直覺得很奇怪吧？甚至連那位大天狗聖納都沒現身。但他不是沒現身，而是真的不在。」

「凜……你知道些什麼？」

「他們遇上神隱了。這個魔都，現正受到不祥之物的毒所支配。某個卑鄙小人，正在策劃著愚蠢的事。」

不祥之物的毒？

卑鄙小人？在策劃愚蠢的事？

他的語氣聽來像是知道內情，但似乎不打算告訴我們詳情。

「茨姬，下次碰面時，認真地一決勝負吧。戰鬥才是妖怪的本能、與生俱來的宿願。」

「……那樣你就會滿足了嗎？如果打贏我，到時候你想要什麼？」

我手扠著腰問他。這個男人從以前就喜歡在爭勝負時下賭注。

「要是我贏了，就要妳變成我的眷屬，這樣妳就成為我的血袋了。」

他神情自若地微笑說出這句話。

「血袋呀……那麼，要是我贏了呢？」

「不可能。面對竟然變成人類，還和那個什麼都不知情的男人相互取暖、過著太平生活日漸鬆懈的妳，我是絕對沒有理由會輸的。」

「凜。」

「不可饒恕。妳怎麼可以忘了千年前的一切，優哉游哉地混進人類社會，幸福地過日子！與其變成這副軟弱德性，當時展露出狂暴氣息與鬥爭本能、力戰到最後一刻的那個身影，美麗得多了，茨姬。」

凜音拋下這番滿含憤慨與沉痛怒火的話語後，握緊拳頭、轉頭離去，漸漸消失於鞍馬山的白霧中。

我想他離開前，大概狠狠瞪了馨一會兒。

雨滴再度落下。又是突如其來的大雨。鞍馬山的天氣會如此不穩定，果然是因為管理氣候的天狗們不在家的緣故吧。

「凜音非常恨我耶，他的眼神很明顯。」

「……馨，不只有你，還有我。那孩子過去非常喜歡從來不輸給任何人、無比強大的酒吞童子和茨木童子。對他來說，那個國度的王和女王是不容置疑的絕對存在。」

敗給人類，還轉世成應該憎恨的人類，做為高中生過著和平普通的日子，這樣的我們在那個孩子的眼裡，是什麼模樣呢？

凜和投胎轉世的我們不同，沒有被賦予全部歸零、重新開始的機會。

想到只有那個孩子一人似乎還無法忘懷千年前的那場戰役，我的胸口不禁揪緊。

想將他從那段回憶中拯救出來，是我個人的傲慢嗎？但那肯定是我轉世到這個時代應該完成的任務。

如果那孩子想要認真地一決勝負，下次碰面時，我就實現他的願望吧。

「……欸，真紀。」

「嗯？」

「茨木童子的臨終，跟妳之前說的一樣吧？」

「……馨？」

馨毫無預警地如此問我。

大概是凜拋下的那些話，讓他有些擔憂。

「被渡邊綱砍下手臂，又因身負重傷遭到源賴光殺害。我記得地點是在羅生門。是這樣沒錯吧？」

「……嗯，對啊。我不是常常在抱怨嗎？」

「那是騙人的吧？」

馨沒有一絲遲疑地否定我的回答。

他和平常不同，語氣堅定沉靜，而且嚴肅。

「妳這麼容易就能說謊呀，真紀。妳對這件事說謊的理由是什麼？妳到底隱瞞了我什麼事情？」

「馨，我……」

我搖頭。心臟撲通撲通直跳，像要爆炸似地劇烈鼓動。

馨是什麼時候發現那件事是謊言的呢？

「還是不能說嗎？我大致可以感覺到妳有不能坦白的苦衷，所以至今都沒有追問。可是，可是……我就這麼靠不住嗎？」

不是的。

「是啦，妳就算一個人也非常強悍。」

「才沒有！我一個人的時候……」

「那為什麼就算我叫妳不要亂跑，妳每次都還是自己一個人衝第一！不就是因為妳心裡認為，只有自己一個人也能解決嗎？」

「……」

只有我的話……

撲通、撲通，心臟一次次緊縮將血液往體內輸送。每一次我都幾乎要想起來。

過去，只剩下我一個人之後，自己的模樣……

「……真紀。」

馨看我什麼話都說不出來，表情顯得落寞。

對我講出那麼嚴厲的話，馨自己肯定也受傷了。

即使如此，他還是刻意在這個時間點提問。

他已無法再壓抑了，所以將內心的掙扎化作直接的言語問出口。

儘管如此，我還是什麼都說不出口。話語梗在喉嚨深處，無法吐出隻字片語。

看到我這副模樣，馨握拳抵住自己的額頭，深深吐出一口長長的氣，調整心情，然後從口袋掏出手帕，往我脖子上汩汩流出的鮮血按去。

「對不起。我們回去由理那裡吧，他還在等我們。」

那是以前馨生日時，我送他的樸素手帕。

他真的隨時都帶在身上。

「啊啊，你們終於回來了，太好了。」

由理待在魔王殿，正在治療一個腳擦傷的陌生少年。

那少年背後長著黑色羽翼，是天狗。

由理看到我和馨的模樣，一瞬間露出像在說「發生什麼事？」的表情，但他沒有特別問什麼，只是一如平常地應對。

「……那個孩子。」

「就像妳看到的，是天狗的小孩。剛剛好像接力一樣，真紀你們前腳一走，他就哭著奔進這間魔王殿，結果用力過猛摔倒了。好像是爸爸一直都沒有回家。不光是這樣，他說住在這座山裡的成年天狗，某一天突然都消失了。」

天狗少年邊吃著由理給他的鈴鐺形狀雞蛋糕，邊晃著腳上那雙一字木屐，說明大略的事情經過。

鞍馬山的天狗是京都數個妖怪派閥之一，這裡是京都妖怪鞍馬天狗組的總部，頭領當然現在也是聖納大人。

「一開始是聖納大人最先消失。成年的天狗們為了尋找聖納大人，飛往京都的夜空搜索。爸爸叫我乖乖待在家裡等，要好好保護媽媽和下面的弟弟們。」

現在這座鞍馬山，似乎只剩下天狗的妻子和小孩們。

他說現在大家都躲在深山裡，幾乎不會下山到這一帶來。

我向由理說明剛剛遇見凜的事。

「欸，由理，凜說天狗們是遇上神隱了。還說在京都，有卑鄙的傢伙正在策劃些什麼。」

「嗯，沒想到京都或許陷入麻煩的情況了。管理鞍馬山的天狗們不在，意味著這裡龐大的靈脈可能會遭有心人利用，那將會造成恐怖的後果。」

我有種不好的預感。

天空混濁、靈脈動搖，連強大的天狗們都突然消失蹤影。

然後，凜音第一次出現在我們面前。

在這個京都——過去的魔都，究竟正在發生些什麼呢？

結果，我們離開魔王殿後，並沒有繼續往前走到鞍馬寺本殿金堂，而是下山走回貴船。在回程電車上，三人坐成一排睡死了。

回到位在京都車站附近我們高中今晚投宿的旅館，吃晚餐、洗完澡後，在同組女生都在的房間中，我比誰都先鑽進被窩裡。

「等一下！茨木已經翻白眼呼呼大睡了。我還想說大夥要來互相分享今天的收穫耶！話說回來，美少女怎麼可以睡得這麼沒有氣質！」

「算了啦，丸山，真紀正值發育期嘛。」

「才不是咧～茨木肯定是大受打擊啦。聽說天酒呀，其實和劍道社的鳴上開始交往了～」

「什麼呀？那種毫無根據的流言。天酒到剛剛不都還一直跟真紀在一起嗎？」

「女生們都在傳喔～之前去看劍道社練習比賽的人說呀，那兩人之間有股特殊的氣氛～」

「咦？橫刀奪愛嗎？明明天酒已經有茨木和繼見了！」

「不……跟繼見應該沒關係吧？」

七瀨驚愕到說不出話似地嘆一口氣，丸山發出近似慘叫的聲音，隨口散布沒憑沒據流言的小滿則是頻頻窺視我的反應。

但那種流言對我來說根本不痛不癢，甚至應該說，我現在正身處根本無心理睬流言蜚語的地獄中……

我仍舊翻著白眼，癱在被窩裡。

今天真的很累。

事情接二連三發生，令人疲於應付的一天，我力氣有點不夠了。

「茨木童子大人……茨木童子大人……」

有人在叫我。

「茨木童子、大人～～」

叩叩——傳來敲窗戶的聲音，我在半夜裡驀地驚醒。

「啊！」

嚇我一跳，窗戶上緊緊貼著好多小小的妖怪。

時間已是半夜兩點多，房裡其他人正睡得香甜。

我喀啦喀啦地輕輕拉開窗戶，小聲詢問：「有什麼事嗎？」

很稀奇地，是一群頭上頂著小斗笠的川獺。

「晚安，我們是鴨川的笠川獺。」
「聽說那個有名的茨木童子到京都來了。」
「就過來跟妳打聲招呼。」
笠川獺拿下頭上的斗笠，禮數周到地鞠了個躬。
「等一下喔。」
這裡實在不太適合，我從窗戶一躍而下，繞到下方竹籬笆的後頭。
笠川獺們濕答答地聚集在我的周圍，茶色的細長身體和指頭圓滾滾的小手十分可愛。
「你們居然會知道我的事情。」
「茨木童子大人在妖怪界是傳說中的鬼。大家都說以前妳在京都這裡，幫助了許多妖怪。」
「茨木童子大人轉世的傳言，在這邊也經常引發話題。」
「市面上到處都有在賣妳的照片，所以我們一下子就認出來了。」
「……騙人的吧，連照片都有賣？」
也是啦，長相曝光只是時間早晚的問題。畢竟之前那場百鬼夜行，我是在那麼多人面前透露自己就是茨木童子轉世這件事。
淺草妖怪一直替我保密，但當時裡凌雲閣裡，不光只有淺草妖怪而已。
「這是供品，還請收下。」
川獺們拉長身子站起來，接二連三地朝我遞來各種東西。

陳舊但美麗的機織布匹、飾品絲線、漂亮的石頭、乾燥後的果實、香草、色彩繽紛的花瓣、彩紋和風色紙還有糖果……對這些小朋友來說，每一樣東西肯定都是寶物吧。他們用閃閃發光的憧憬眼神拿給我，真是既熱情又可愛的小傢伙呢。

「不過，我可以收下嗎？你們有什麼需要我幫忙的嗎？」

那群川獺看向彼此，好像有什麼話想說，因此我出聲推他們一把：「說看看呀。」

「最近，夥伴一個接一個不見了。」

「是天狗抓走的。」

「……天狗？你難道是指鞍馬山的那群天狗嗎？」

「對。」

可是，我才剛聽說鞍馬山的天狗全都遇上神隱，行蹤不明耶……這到底是怎麼回事？為何這場騷動會和鞍馬天狗扯上關係呢？

「我好害怕喔，不知道什麼時候會被天狗抓走。」

「茨木童子大人，請妳救救我們。」

那群笠川獺顯得非常恐懼。我將那些小傢伙一把全都抱緊，輕撫他們柔亮的茶色毛皮，對他們說：「振作一點。我也想要一直待在旁邊保護你們，但我現在是學生，實在沒辦法這麼做。啊，對了，我送你們一些好東西。」

我短暫助跑後一躍而上，回到二樓的房間，掏出行李中的束口布袋，再次從窗戶跳下去。

「手伸出來，你們一人一個。」

然後將之前做好的染血橡實，一個個分給笠川獺們。

「看起來或許像是普通的橡實，但這應該能成為有用的護身符。要是壞傢伙來欺負你們，就把這個橡實朝他丟過去，應該可以爭取到逃跑的時間。」

「哇～～」

那群笠川獺看起來完全沒聽懂我在講什麼，但似乎對於從我手中獲得禮物這件事非常開心，牢牢盯著橡實看，或是珍惜地抱在懷裡。

「那我差不多該回房間了，你們也趕快去安全的地方待著吧。」

「……茨木童子大人。」

一名個頭特別大的笠川獺，對著正要踩上牆的我問道：

「茨木童子大人，妳想見酒吞童子大人嗎？」

「……咦？」

這問題來得太過突然，我驚訝地雙眼圓睜。

「我曾聽說過，茨木童子大人和酒吞童子大人是一對非常恩愛的夫妻。酒吞童子大人是這個世界的妖怪之王，而他唯一愛過的就是茨木童子大人。」

「……」

「妳還想見王嗎？」

他神情悲傷地側著頭問。

對耶。馨的事果然還沒有在妖怪世界曝光。

這個小傢伙認為，我在這個現世還沒有和酒吞童子重逢。

我再度蹲下身，戳了一下笠川獺的鼻尖，一臉開玩笑地說：

「沒問題的喔。只要每天都一直想著『我想見他、好想見他』，肯定有一天能相逢的。」

「……嗯？」

「你放心，我現在非常幸福。」

雖然目前跟那位酒吞童子——馨，有一些小尷尬，但他一直都待在我身邊。

這並非理所當然的事情吧。

不該讓馨傷心的。

「……果然，說謊是行不通的呢。要隱瞞一輩子是不可能的事。雖然很不甘心，但叶老師是對的，那是虛假的幸福。」

我閉上雙眼再睜開，凝視著京都朦朧的月亮。

說吧。修學旅行結束後，好好面對馨，把我的謊言告訴他。

或許沒辦法獲得他的原諒。

或許他會因此討厭我。

或許馨會覺得待在我身旁太痛苦了，選擇離開。

如果我們現在的關係因此產生任何變化，甚至走向盡頭，到時候……

「這次就輪到我追在馨的身後，努力靠近他吧。就像過去酒吞童子無論被拒絕幾次，都堅持向茨姬求婚那樣。」

嗯，就這麼做吧。如果那樣還是無法挽回，到時候再說。

明明我的想法如此正面，但不知為何，一回到房間縮進被窩，眼淚就奪眶而出。

雖然沒有人看見，我仍趕緊用袖子擦掉眼淚，想欺騙自己，當作沒有哭泣。

啊啊，剛剛收到的香草氣味真迷人。

我輕拍臉頰，要自己打起精神，在被窩中將笠川獺送我的小禮物排好，只憑著手機的亮光，專心製作某個東西。

第六章 宇治平等院的祕密

修學旅行第二天。出發前，各小組都先在大廳集合。

「馨，早安……」

「早安。」

今天吃早餐的大食堂不同間，所以我現在才第一次碰到馨。

馨似乎有些冷淡，但還是回了我一聲招呼。

昨天才發生過那種對話，今天有點疏遠也是沒辦法的事吧……

「那、那個，我們今天要去宇治，跟你們正好反方向，你們要去嵐山吧？」

「……啊啊，好像要跟隔壁班的第三小組一起去。」

馨那一組中，似乎有個男生正在跟隔壁班第三小組的女生交往，在他們千拜託萬拜託之下，大家答應要一起行動。

是說，那些第三小組的女生，她們的目標或許是鎖定在馨和由理身上吧。

「那個，我昨天晚上做了這個，你帶著吧。」

「……這是什麼？香包？」

馨從我的掌心將小小的袋子捏起舉高。

這是我昨天用笠川獺送我的禮物做成的護身符。

裡面塞了各種小東西，所以圓鼓鼓的。

「好、好稀奇喔，妳居然會送我東西……」

「你幹嘛一副很害怕的表情啦。」

馨將鼻子湊近香包，臉上表情相當奇異。

「昨天有一群小妖怪來找我，是笠川獺喔，想不到吧。他們送我的花瓣和香草很香，所以分一點給你，你就把它當成護身符帶著吧。」

「……護身符？嗯。」

馨的態度還是頗為冷淡，但仍將護身符收進胸前口袋。

「天酒，要走囉～」

另一頭傳來呼喚馨的聲音。劍道社的嗚上似乎也是隔壁班女生組的一員，她神采煥發地叫著馨。

是說，這種事無所謂啦……

「欸，馨。」

馨正要離去時，我拉住他的制服下襬，語帶遲疑地提出一個請求。

「等我們回淺草，就敲破一直努力儲蓄的存錢筒，找個地方一起去走走吧。」

「找個地方？」

「嗯，找個地方……帶我去，馨。」

對於我少見的請求，馨「嗯……」了一聲，輕撫下巴沉思。

我下定決心，努力擠出接下來的那句話。

「如果你帶我去，那麼，我就會，好好地告訴你，實話……」

「……」

我的聲音微微顫抖著，但馨沒有答覆。

不，不要想得太複雜，他或許只是不知道該怎麼回答才好。

這時那個小組的人又在叫他了，他只低聲拋下一句「妳一個人千萬不要亂來」，就匆匆過去集合了。

後來，我跟小組成員一起按照計畫先去伏見稻荷大社參拜，再到附近的手打烏龍麵店吃午餐。我們點了狐狸烏龍麵（豆皮烏龍麵）和稻荷壽司（豆皮壽司）等菜色。

說到京都，就不能不提京都烏龍麵，而說到伏見稻荷，就一定要吃狐狸烏龍麵。

首先是飄著淡味醬油和昆布香氣的高雅湯頭極為美味。會在口中化開、帶著甜味的豆皮，與這碗烏龍麵的高湯十分對味。

有嚼勁的手打烏龍麵、又甜又鬆軟的炸豆皮，配上京都風味的湯頭。只有這幾個元素。啊啊，狐狸烏龍麵雖然簡單卻如此美味。

我最喜歡狐狸烏龍麵了。

「在這塊土地上吃狐狸烏龍麵和稻荷壽司，真是相當不錯呢。」

「欸～那實在太震撼了呀，伏見稻荷！朱色鳥居比我想像的還要大。」

丸山非常興奮地發表剛剛逛伏見稻荷大社的感想。

不愧是熱門景點，觀光客多得嚇人，而沿著石階綿延不絕的鮮紅色千本鳥居非常壯觀。不僅群山楓葉美豔動人，再加上又是陽光普照的早晨，從鳥居間隙透進的光線還有靜靜鎮守在入口的狛狐，一切充滿了幻想又神祕的氣息。

畢竟都叫伏見稻荷大社了，應該會有神明使者的狐狸在才對，卻一隻都沒看見。雖然有感覺到牠們的氣息，但似乎在戒備著什麼。

京都整體的氣氛果然有些不對勁……

「如果再奢求一點的話，就是怎麼沒有出現帥氣的狐狸大人呢！」

「雖然應該跟丸山講的東西不一樣，但我昨天有在鞍馬山看到狐狸喔。」

「咦，騙人！怎麼樣的狐狸？帥嗎？」

丸山的紅框眼鏡反射出光芒，她從桌子探出身來問道。

「嗯～是金色的狐狸喔。啊啊，不過雖然狐狸裡也有好傢伙，但同樣有不少大壞蛋，白色女狐就超級糟糕的。」

「啊，我知道！說到白色女狐就是『玉藻前』吧？茨木，難道妳對妖怪很了解嗎？真奇怪耶，妳那麼怕幽靈～」

「別看我這樣，好歹我也是民俗學研究社的呀。啊，親子丼來了，有好多九条蔥喔～」

這一碗也飄出京都風味高湯顯著的香氣……看起來好好吃。

跟自己在家做的就是不一樣，滋味高雅又滑嫩的極品親子丼，我就不客氣地享用了。

「話說回來，茨木，妳怎麼這麼會吃呀～？我累得要命根本不想吃～腿好痠喔～」

「真紀的親子丼看起來好好吃喔，早知道我也點那個就好了。」

參拜伏見稻荷大社的過程幾乎都在爬山，小滿走累了，一副精疲力竭的模樣。七瀨是運動社團的，看起來倒是還好，依舊精神飽滿地大吃豆皮壽司。

不過，狐狸嗎？

至今，我遇過數不清的狐狸妖怪或是稻荷神社的神明使者，實在是沒有比狐妖更讓人搞不懂的妖怪了，而且那個安倍晴明過去也被叫作狐狸之子。

狐妖也曾是我極為憎恨、最討厭的妖怪，但現在倒不太會這麼想。因為在淺草，也是有很多拚命求生存的狐狸妖怪存在。

不過，那隻金色狐狸究竟為什麼經常出現在我面前呢？

「唔哇，都是宇治抹茶的店……」

我們終於抵達宇治。

宇治除了有以十圓硬幣圖案而聞名的平等院鳳凰堂，也因宇治抹茶和做為《源氏物語 宇治十帖》的故事舞台廣為人知。

「欸，真紀，妳看，那個抹茶聖代看起來好好吃喔。」

去平等院前，七瀨在知名宇治抹茶老店「伊藤久右衛門」的宇治總店門口，戳了我肩膀一下。

「哇，這個總匯抹茶聖代！聖代上面還插著抹茶糰子跟抹茶餅乾，把想吃的東西一口氣全擺在上頭也太豪華了吧。」

於是，我們這群女生雖然才剛吃完午餐，還是禁不住抹茶甜點的誘惑，走進這間店裡。

畢竟裝甜點的是另一個胃。我們各自點了想吃的抹茶點心。

讓我一見鍾情的是總匯抹茶聖代。

這真的很厲害，在玻璃杯中擺滿水嫩有光澤的抹茶凍、不可或缺的白玉糰子、口味濃郁的抹茶冰淇淋，還有撒滿黃豆粉的柔軟蕨餅、鮮奶油，而鮮黃色的橘子在視覺上有畫龍點睛之效。上面插著一串宇治抹茶糰子和抹茶餅乾，高高往上延伸，根本是終極豪華版的宇治抹茶饗宴。

「稍帶苦味的抹茶凍和抹茶冰淇淋好好吃～不會太甜，真是太棒了呢。」

淺草的蜜豆寒天也很美味，但宇治的抹茶聖代真不容小覷。

「茨木居然立刻就開動了～在吃之前應該先拍個照吧～」

「啊，我也要。」

「我也是～～」

除了我之外的女孩們，大家都先忙著用手機拍照。

的確，這個造型相當有意思，可以上傳到社群網站，或是把照片寄給社團朋友或家人。

所以我也從善如流，像個女高中生般拍起隔壁七瀨仍舊完整漂亮的抹茶聖代。

我不太擅長用手機，連加工照片的方法都不太清楚，所以小滿和丸山幫我下載了修照片的APP，還教我各種技巧。

拜她們所賜，我也擁有鮮明漂亮的抹茶聖代相片。

「妳要寄給天酒和繼見嗎？」

「……嗯，他們兩個都很喜歡和菓子。」

「真紀沒跟那兩人在一起，有種不可思議的感覺呢。」

七瀨邊呵呵笑著，邊吃起抹茶聖代。

確實，沒有和馨跟由理一起行動，就連我都感到有些不可思議。

不曉得那兩人現在正在做什麼？吃什麼？在看著什麼呢？

「啊～宇治甜點果然能療癒我平日深受虐待的身心。」

「嗯？」

咦？這句話的聲音有點熟悉。

在我們這群女生的隔壁，一個年紀相仿的男生，和我一樣點了總匯抹茶聖代，正一臉幸福地吃著。而且，他頭髮是橘色的……

「……啊！」

我們在同一瞬間看見彼此，愣在原地幾秒鐘後──

「啊啊啊啊啊啊啊！」

驚聲大叫起來。吵到周圍的客人了。

「妳這傢伙！茨木真紀！」

喀噠，那個男生驀地站起身，手指指向我。

他是隸屬於陰陽局東京晴空塔分部的退魔師──津場木茜。

在外校的制服外套下，穿著華麗的連帽衫，旁邊好好擺著一個竹刀袋，裡頭大概是髭切吧。

「嚇我一大跳～這不是橘子頭嗎？難道你也是來修學旅行的？」

「啊啊？我，那個……是來調查的。青桐叫我要找，京都的，神隱。所以，來修學旅行順便……」

「……」

他結結巴巴地說著不得要領的回答。

但他獨自一人來吃抹茶聖代，難道這傢伙沒有朋友嗎？

「咦？他是誰？茨木的朋友嗎～？」

小滿立刻見獵心喜地詢問，肯定是聞到八卦的味道。

「該說是朋友嗎……還是完全不熟的人呢？」

「喂！」

津場木茜平常就老是一副要抓狂的模樣，但或許是難以忍受被不認識的一群女生用興味盎然的眼神猛盯著瞧，表情漸漸尷尬，開始坐立難安。

有點可憐。四個對一個，太可憐了。

「好，既然吃完了就趕快出發吧，不是還要看平等院鳳凰堂嗎？」

我有點如坐針氈，所以打算主動離開，出聲催促同伴。

走出抹茶甜點店，漫步在通往平等院的參道上，路上有許多賣土產的店家，所以我替淺草的大家買了一些宇治煎茶、抹茶點心還有茶葉蕎麥麵當伴手禮。

抵達平等院後，我們在入口付了參觀費用，迅速踏入寺內。

位在宇治的藤原道長別邸，有段時間變成寺院，最後才成為現在的平等院。其實我在這輩子也是第一次來這裡。

這裡的楓葉同樣十分豔麗，用心整理過的庭園賞心悅目。

觀光客果然也很多，人潮絡繹不絕，不過……

「欸，真紀，那個橘色頭髮的男生跟在我們後面耶……沒關係嗎？」
「不管他，七瀨。之前發生了不少事，都是他來找麻煩的就是了。」
「不少事……是指什麼？」
津場木茜緊緊盯著我們背後，就連大剌剌的七瀨都留意到了。
那傢伙……虧我好心主動離開，結果他又自己跟上來，到底是有何居心？
是在監視我嗎？
「啊，妳們看！是鳳凰堂～」
小滿大喊。建造在廣大池塘中島上，橫長狀的雄偉朱色殿堂。
出現在地面上的極樂淨土，藤原攝政時期的繁華象徵。
飄盪著那個時代的氣味，讓我感到十分懷念的一座建築。
在殿堂裡，八尺高金色的巨大阿彌陀如來坐像，靜靜地鎮坐其中。褪色斑駁的壁畫，過去上頭應該塗滿了鮮明繽紛的色彩。
在那裡，我看見了漫長的千年光陰。
「欸欸，聽說平等院有一間叫鳳翔館的博物館，我們去看看嘛。」
丸山想去的是位在平等院境內的大型博物館。
它的結構滿有意思的，為了不破壞整體外觀、維持視覺上和庭園的平衡，博物館大部分都蓋在地面下。

看起來確實和庭園融為一體，根本不會立刻注意到那裡有一棟這麼大的建築，入口也是設在庭園不起眼的地方。

我們進入那間博物館後，津場木茜不出所料地也跟了上來。

館內設有各種新設備，裡頭有些昏暗，整個空間包圍在石頭質感的灰色壁面和地板之間。氣氛有些冰冷又獨特，是因為有許多寶物在嚴密管理下展示著嗎？

也有很多物品是在平安時代創造出來的。一件件靜靜欣賞過去，相當引人入勝。

不過，氣氛突然改變了，光憑肌膚都能察覺到，我不禁抬起臉。

「……咦？」

剛剛看展示品看得太入迷，沒發現不知不覺間我竟已落單。

應該一起在館內逛的七瀨、小滿和丸山都不見了。

我應該有按照指示前進呀，是不小心走進奇怪的地方嗎？

寂靜無聲的沉重氛圍中，我杵在原地一會兒。

「喂，有一點奇怪耶，茨木真紀！」

「咦！你也在喔？」

津場木茜好像一直在我附近，他看到我後就跑了過來。

「我們沿著進來的路先出去吧，我有種討厭的感覺。」

「討厭的感覺……？」

像要打斷津場木茜的話一般，倏地響起「咻咻咻」的聲音，幾隻黑影在這個空間中來回飛舞。速度雖然很快，但我還是清楚捕捉到那些影子的真面目。

「天狗……？」

是天狗。做修行者打扮的天狗們，迅雷不及掩耳地抓起我，不知打算跑去哪。

那是發生在極短暫一瞬間的事，我根本來不及反應。因為這樣，害我手上的東西全都掉落地板。

「等等！喂，等一下！」

津場木茜的聲音越來越遠。天狗們抓著我，毫不遲疑地一路往更裡頭前進。

不過……

「喝啊！」

抓著我的那隻天狗哀號出聲。我狠狠地擰了一把他的手臂，趁他抓著我的力道減弱時，從他手臂間錯身閃過，「碰咚」一聲將天狗過肩摔。

「真受不了……你以為妖怪們想抓我卻反被打倒這種事發生過多少次了？學不到教訓耶。」

我撥了撥凌亂的頭髮，展露勝利的笑容。

鞍馬天狗似乎心生膽怯，撇下我逕自往更裡頭跑走。

等我回過神，才發現這裡是一條與剛剛那間漂亮博物館不相稱、寬敞綿延又古老的走道。

壁面上洋洋灑灑寫著的咒文發出淡淡光芒，照亮路面。

這幅光景同時意味著這個地方並非一般的走道。

這裡是哪兒？

「混帳天狗，竟然敢對人類出手！」

津場木茜一邊大吼一邊追上來。

他居然能跟上天狗的速度，而且在這般複雜的通道中還沒有跟丟，我真心感到有點佩服。

「那是鞍馬天狗。昨天我們去鞍馬山時，成年天狗一個都不在。小妖怪們也說自己的同伴被鞍馬天狗抓走了。到底是有什麼目的呢？」

「天狗並非遭人仇視的妖怪，反倒是信仰的對象。就連陰陽局，一直以來和鞍馬天狗的交情應該都還算不錯才對。到底是發生了什麼事？話說回來，平等院自平安時代起，一直是由『陰陽寮』管理，現在也隸屬於『陰陽局』京都總本部的管轄……這種時候卻一個人影也沒看到，那些傢伙到底在搞什麼呀！」

津場木茜因同為陰陽局的夥伴沒出現而忿忿不平。

但走到一半，他突然想到什麼「啊」了一聲，側眼看向我。

「『陰陽寮』這個組織是陰陽局的前身，妳知道嗎？」

居然在這種奇怪的節骨眼上為我解說，他出乎意料是個一絲不苟的傢伙耶。

「當然。從平安時代起就一直存在，但在明治初期曾解散過一次的那個陰陽師組織，對吧？

然後，我聽說又偷偷在暗地裡重建，承認退魔師全體歸屬，那就是現在的陰陽局。」

「哦，妳倒是滿清楚的嘛，真意外耶。」

畢竟在過去，那對我而言該說是敵人的大本營嗎……？

「總之，以前發生過很多事啦。陰陽寮的首領『陰陽頭』，我過去也見過好幾位。」

「什麼？」

「呵呵……開玩笑的。」

津場木茜一臉懷疑，但我沒有詳細講述那件事，而是轉換話題。

「總之，我們先往天狗們逃走的方向前進看看吧，搞不好能發現一些關於神隱的重大線索。」

「當然，我絕不會放過妖怪的詭計。」

我們一同在幽暗的通道上朝前方跑去。

路上遇到好幾次岔路，但津場木茜好像是在剛剛的天狗身上施了叫「星印」的追蹤用標誌，只要跟著那個記號走，就能知道他們往哪個方向去。

「你很厲害耶，就是靠這個方法才沒有跟丟我的吧。」

「哼，我身為陰陽局的王牌，可不是浪得虛名。」

啊，只要誇獎兩句，他看起來就一臉得意的模樣。

雖然地下空間宛如迷宮一般，但託津場木茜的福，我們一路順利前行都沒有迷路。不，搞不好其實已經迷失其中，但應該是正漸漸接近天狗們的氣息沒錯。

「咦！這是什麼……洞穴？」

然後，我們看見了那個東西。

上了好幾道鎖、貼滿無數古老符咒的巨大壁穴。

簡直像是硬在厚實壁面上鑿開洞穴，再於上頭施加封印。

我和津場木茜面面相覷。

「這明顯看起來很奇怪喔。」

「而且不太對勁……說起來，施在天狗身上的星印，在這裡就脫落了。是被發現了嗎？難道天狗在這個洞穴的另一頭？」

「不，不可能才對。這個洞穴上的封印術法不是最近才施上去的，非常古老。我好像有點印象……」

這些鎖，這些符咒。

跟過去封住茨姬的那座監牢有點像。

我忍不住伸手觸碰壁穴和這一側邊界的那道鎖。

「……咦？」

那瞬間，我反射性地抬起臉，從鎖孔朝壁穴的另一頭望去。

為什麼？好像有誰在呼喚我的名字，叫著「茨姬」。

從裡頭透出來的冰涼靈氣，掠過我的臉頰。

「平等院……等一下，平等院裡的……古老封印？」

津場木茜似乎注意到什麼，口中念念有詞地陷入沉思。

旁邊的我靜靜地從口袋裡掏出橡實，毫無預警地將它朝壁穴擲去。

「唔哇啊！」

突如其來的爆炸聲，讓津場木茜嚇得跳起來。

因為這場爆炸，結界封印連同鎖和靈符全都被炸飛了。

「喂喂喂、喂，妳這混帳！突然做什麼呀！我還以為耳朵要聾了，妳旁若無人也該有個限度吧！」

「……」

「喂，茨木真紀？」

我眼睛連眨都不眨一下，對津場木茜的聲音也毫無反應，只是朝著封印毀損的壁穴另一側踏出腳步。

青藍色。

青藍、幽黑，我的眼睛捕捉到流動不息的靈力顏色。

不祥的靈氣，像是逆風般猛烈逼近。

但這無法阻擋我。

接下來的路不再是整頓過的通道，凹凸不平的岩壁十分粗糙，地面也崎嶇不平。而且腳步十分沉重，因為全身都感受到這裡頭的靈氣密度十分驚人，甚至還極為寒冷，就連呼出的氣息都是白色的。

「喂，等一下，茨木！妳，果然……果然，還是別，這前面……」

從我的行動中，津場木茜似乎確定了什麼，趕緊追上來。

至今都忽略的、極為重要的關鍵。

他蒼白的臉色清楚顯示這一點。他繞到我前方，頻頻搖頭。

「不行，妳不行去前面。」

「……沒用的。津場木茜，你讓開。他在呼喚我。」

「不行，不行，因為……我怎麼會忘記這麼重要的事……」

津場木茜完全無法掩飾自己的著急，我迅速通過他身旁，絲毫沒有慢下腳步，踏進微微亮著光的開放空間。

「……這裡。」

那裡是一個結凍的巨大圓形空間，裡頭充滿緊繃的靈氣，四處張著用來劃分神聖區域的注連繩。

地面上畫著五芒星，閃耀青藍色光芒的礦石依循某種規則埋在裡頭。

這些是建造在多少犧牲之上才完成的呢？就連這個答案都無法想像。由眾多元素複雜交織而成的封印，現在也仍舊發揮著作用。
我自然地抬起頭，緩緩睜開眼睛，凝視著那個東西。
「……」
我的時間靜止了，也聽不見任何聲音。剛剛還覺得寒冷，但現在就連那份感受都已遠去。
冰的結界。
封印在裡頭的是某個鬼的首級。
「……啊。」
我倒抽一口氣，呼出來時已然——潸然落淚。
在因水氣而朦朧的視野中，我朝著那道光芒閃耀之處，緩緩伸出手。
「喂、喂！」
津場木茜趕到我身旁站定，看到我的側臉後說不出話來。
我現在臉上是什麼樣的表情呢？
他順著我的視線望去，用自己的雙眼親自確認那個東西。
「那是……酒吞童子的首級嗎……？」
然後，說出了至今仍穩坐日本歷史上最強寶座的那個鬼王的名字。
是的。
過去統整了為數眾多的妖怪、掌管大江山的鬼之王。

我的王。

親愛的丈夫。

酒吞童子。

躍入腦海的鮮明記憶，最後道別的血與淚。

被砍下首級後，永遠陷入沉默的屍身。

「這樣呀……你就在這裡呢。」

從遙遠的彼方。

從我的心底。

輕輕地，傳來一聲嘆息。

別了。

永別了，我深愛的人。

下輩子再相會吧。

〈裡章〉馨來到一条戾橋

「欸，馨，你從剛剛就一直在查什麼呀？」

看我在公車裡一手牢牢抓著手機，低頭盯著螢幕念念有詞，由理終於忍不住出聲詢問。

其實我們已經和同組成員分開，兩人現在正朝著某個地點移動。

「沒啦……因為真紀剛剛說想找個地方去走走。」

「什麼？約會嗎？你剛才明明對她那麼冷淡。」

「……我想不到該回她什麼呀，總覺得好像不管說什麼都不對。」

不過，這只是藉口。真紀好不容易才鼓起勇氣講出那句話，結果我卻沒辦法好好應對。

真紀的表情有點落寞。

「那傢伙很少會主動說想去哪裡走走……平常總是講喜歡淺草，出門又花錢。」

「那是因為你們是最喜歡窩在家裡的老年夫妻呀，約會這種事情早就膩了吧。」

「我們並沒有常出門到可以膩了的程度吧。」

「我不是在說這輩子。你們還是酒吞童子和茨姬時，很常到處去小旅行吧？雖然一開始茨姬的身體、腳和腰很虛弱，但等她有力氣走動時，你們就越過大江山跑去丹後國了。我記得是去看海吧？」

「海……」

「那裡還有橫跨海面的天橋立沙洲。酒吞童子說，因為茨姬沒看過那幅景色，所以要帶她去……對了，你們不是還送我鹽、清酒跟鮑魚乾當伴手禮嗎？」

我想起來了。

沒錯，茨姬以前沒看過海。

丹後指的是京都北部沿海，那裡還有知名觀光景點天橋立。天橋立偶爾也會成為貴族們創作和歌的題材，所以茨姬說想要親眼瞧瞧，用自己的雙腳實地走訪。

我並不是忘了，只不過那實在是日常生活不經意的一個小片段，所以才沒能立刻想起來。

「啊，真紀傳訊息來。好稀奇，她居然傳來和其他女生的合照耶。」

「咦？啊啊……真的。」

去宇治玩的真紀，傳來了抹茶聖代、還有跟同組女生一起拍的照片。

真紀原本不想和同班同學有太多牽連，但最近要好的班上女同學變多了，和女性朋友談天、玩耍的次數也增加。

「是從學園祭之後開始的吧？真紀漸漸不再抗拒跟我們之外的朋友交談或來往，該說是隔閡漸漸消失了嗎？」

「嗯。雖然她原本就有像七瀨那樣的女性朋友，但現在或許是對人類的想法稍微有所轉變了吧。」

真紀現在是人類，但因為原本是大妖怪，在人群中總是感到有些突兀，而且不太能相信人類。這一點我也相同，只是我那複雜的心境都投射到自己爸媽身上了。

學園祭的經驗對真紀來說，成了一個重要的契機，讓她開始能跟年紀相仿的人類自然地相處，這真是一件好事。

「啊，馨，下一站要下車。」

另一方面，我有個在京都時一定要去的地方。

公車站牌的名稱是「一条戻橋 晴明神社前」。

「這就是一条戻橋嗎？擁有那麼多傳說，結果只是一座普通的橋嘛。」

下公車後，立刻就到了，橫跨在一条路運河上的那座橋。

它從千年前的平安時代就已存在，但現在鋪上了水泥，完全沒有當時的風貌，優雅風情一點也不剩。只有栽種在一旁的柳樹，像是還隱約透著古老時代的情懷，輕盈地隨風搖曳。

我們走到橋下，還是只有一條細細的人造小河在流動，完全激不起一絲懷念之情。

「當時，安倍晴明把自己的式神藏在橋下，所以妖怪不太會接近這裡。晴明神社也在附近，那裡有仿造當時一条戻橋的模型，要去看看嗎？」

「晴明神社……我們要是去了，感覺會受到詛咒呀。話說回來，叶老師在做什麼？那傢伙是安倍晴明的轉世吧？他完全不來找我們耶。」

「今天早上也只是像個普通的老師，隨意目送學生離開。那個人好像真的只是在看著我們呢。實在搞不懂，我從上輩子就摸不透那個人的想法。」

「由理也有不懂的事情呀，我還以為你什麼都能看穿。」

「哈哈，怎麼可能。」

我們再次回到橋上，對著一条戾橋拜了拜，然後就照由理的提議，前往距離此地很近的晴明神社。

那是一間規模小巧卻相當漂亮的神社。

或許因為安倍晴明很受歡迎，神社有不少觀光客。

「啊，狐狸。」

「咦？這裡又不是伏見稻荷大社。」

高掛著晴明桔梗印的一座鳥居側邊，站著一隻毛茸茸的金色狐狸。

是神明的使者嗎……？不，不對。

那隻狐狸應該是妖怪，觀光客都看不見牠，而牠也只盯著我們。

「這樣說來……真紀昨天說在鞍馬山時有隻狐狸救了她，難道你就是那隻狐狸嗎？」

「之前在我家的庭院裡，真紀也說過看見妖狐，對吧？」

我們兩個應該是第一次看到，確實是一隻毛色很美的金色狐狸。

從牠身上能感受到的靈力不大，應該是隻野生的小型妖怪，但牠佇立在那兒的姿態相當高貴，令人不禁看得入迷。

總覺得牠是有事情想告訴我們。

「欸，馨，我想你應該也曉得，平安時代有傳聞說安倍晴明是狐狸之子，雖然不曉得那消息是不是真的。」

「啊？那傢伙是半妖嗎？如果是妖怪的孩子，應該不會像那樣對妖怪趕盡殺絕才對。但要是狐狸的話……就不太確定了。狐狸是最棘手的妖怪。」

「……也是呢，『狐狸』有一點恐怖。心意善變，容易見風轉舵。雖然也有一些神聖的狐狸，並非全都是壞傢伙，但狐妖最出名的就是那些特質吧。」

由理居然會批評其他傢伙，十分稀奇。

但也沒辦法，因為我們過去曾經吃過狐狸的大虧。

或許是聽到這段對話，那隻金色狐狸突然朝我們發出低吼，威嚇著我們。

「啊啊，真不好意思，明明你可能是幫助過真紀的那隻狐狸。」

牠會不會想吃點什麼呢？我隨手從包包抽出起士鱈魚條，但由理出聲制止，叫我還是不要餵食比較好。

金色狐狸突然抬起臉，一丁點聲音都沒發出地悄然離去。我順著牠跑開的方向望去，視線穿過鳥居，在左手邊的柳樹下發現舊一条戻橋的模型。

「你剛剛講的就是這個嗎？」

茨木童子打算為丈夫報仇，與源賴光四大天王之一「渡邊綱」決鬥的那座橋。

但在激烈打鬥中，茨木童子遭渡邊綱那把名叫「髭切」的刀砍斷一條手臂。

之後，茨木童子在羅生門躲藏一陣子，不過源賴光和渡邊綱沒有放過身受致命重傷的她，將其殺害。聽說，他們之所以能找到茨木童子的藏身處，是靠安倍晴明的占卜。這些是以前社團活動時真紀描述的經過。

『好幾個大男人圍攻一個受傷的女子，真是有夠惡劣。他們最好全都下地獄啦，這樣就會有更多惡鬼幫我痛扁他們一頓。』

在那間社辦陳述自己慘遭殺害的經過時，她氣憤地口不擇言，話比平常要多。

「……哪些是真的？哪些是假的呢？」

但無論那些話是真是假，她在某處死去都是事實。

我忍不住猜想，她究竟是怎麼死的？

我想知道事實。

「當然是無比痛苦且孤獨地死亡，遠比你猜想的要慘烈得多。」

瞬間，一道聲音響起。充滿對我的惡意、敵意和憎恨的聲音。

我四處搜尋聲音的主人，發現在參道的另一頭，站著一個銀髮男子。繩結領帶搭配舊時風格黑西裝、有些裝模作樣的奇特打扮，非常符合他的風格，但對我來說，掛在腰間的那兩把刀，才是這個男人的象徵。

「……唷，凜音，昨天才見過，今天又碰面啦。」

身旁的由理看了我們一眼，立刻明瞭情況。畢竟他很清楚凜音跟這陣子在我們周遭發生的妖怪事件有關。

氣氛變了，四周景色的彩度突然變得黯淡。

他似乎是在這間晴明神社做了一個小規模的狹間，將我們關在裡頭。

原來如此，這傢伙不愧也是S級大妖怪。

「好久不見了，我的王，『酒吞童子』。不對，我並不記得自己侍奉過你，應該說是我主人的丈夫吧。」

「雖然你從以前就是這樣，但你對我還是這麼冷淡耶，凜音……是說，你現在還認為真紀是你的主人呀？」

「不，我的主人……只有茨姬一位。」

凜音立刻否認，但隱約閃動著複雜情緒的視線瞥向一旁。

他像是想揮去那些雜念，立刻用鼻子哼笑一聲，繼續說下去：

「但那也很快就會變成歷史了。我會打倒茨姬轉世而成的茨木真紀，將她置於自己麾下。只要沒有那個『血』，我就難以活命。」

對了，這傢伙是吸血鬼。

過去想要茨姬的鮮血而找她決鬥，結果徹底慘敗，差點因缺乏鮮血死掉時，是茨姬出手相助，將自己的血分給他，讓他成為眷屬。

本來這個男人就不像其他眷屬，會對茨姬明白表達自己的忠誠與敬愛。

「這一切都是為了要獲得真紀的血嗎？搶走深影的眼睛，還有讓那個狼人化成惡妖，送到真紀身邊來。」

「沒錯。除此之外還有什麼可能？我這輩子一定要勝過茨姬。」

他的目的倒是清楚易懂。

原本就是好戰的傢伙，又一心想打敗茨姬，身為劍士持續自我鍛鍊。

如果他至今的行動都是為了打倒茨姬轉世而成的真紀，確實頗為合理。不過……

「欸，凜音，你知道茨姬是怎麼死的吧？」

聽到這句話，凜音挑了挑眉。我一步步朝他走近。

「你身為茨姬的眷屬，隨時都守在她身旁。你雖然是個冷淡的男人，但過去在茨姬身邊找到了自己的容身之處。用現代的話來說，沒錯，你就是茨姬的騎士。」

「……啥？騎士？」

喔，嗯，我能明白他聽不懂。我過去也是那樣。

但我不介意地繼續說：

「真紀向我撒了謊。寧願說謊也要隱瞞自己臨終的真相。為什麼？我對這一點……」

他原本總是難以捉摸的神情，驟然大變。

「難道，你……在懷疑她嗎？」

他睜大兩邊眼眸不同顏色的雙眼，目光極度憎恨地瞪著我。

「上那種女狐狸的當，結界被安倍晴明破壞，還慘遭源賴光割掉首級，丟下她不管的……不正是你嗎！」

「凜音。」

「結果你現在還是待在她身邊。你什麼都不曉得，悠哉地、幸福地、理所當然地待在她旁邊。我無法原諒這一點……絕不原諒！」

無法遏抑的憤慨，和對茨姬難以掩飾的感情，讓凜音激動起來。他用憤怒得顫抖的手順過瀏海後，以寄宿在自己左眼的「黃金之眼」緊盯住我。

「！」

我頓時頭暈目眩，毫無抵抗能力。

這是怎麼回事？

彷彿我的內在徹底被看穿，像是心底上鎖封閉的記憶遭到強大外力破壞，即將要失控……內心漾起強烈的不安。

「你好好親身體會一下──你的罪孽，還有，茨姬的真實過去。」

腳下的地面突然消失，我感覺像是朝地獄深處不住墜落。

這是狹間……不，不對，是記憶的泥沼。

宛如身處瀑布，在遭水流沖刷墜落的衝擊裡，我想起令人懷念的香氣，憶起過往。

等我回過神時，身上的學生制服已經變成青藍色的沉重武將裝束。

短髮延伸變長，綁在腦後，一束細長髮絲隨風擺盪。

環繞著我的墨色水鏡上倒映的身影，是一個額頭上長著兩根角的男鬼。

這就是八咫烏黃金之眼的力量所實現的，我的……酒吞童子的……

回溯千年光陰的追憶故事。

第七章 馨的時光回溯——大江山酒吞童子繪卷

【一】茨姬與酒吞童子

「……喂，你有在聽嗎，酒吞童子？」

我突然回過神來。

聽到自己的名字之前，我好像一直在發呆。

眼前是一條河流，我正在釣魚。

我的身影映照在水面上，額上的兩根角是最大特徵。我是鬼。

「那個小姑娘的名字是茨姬。」

對了，我正在聽朋友鵺講那個異類公主的事。

鵺化身為名叫「藤原公任」的人類，參與人類社會的政治活動，他身上華美的狩衣裝束可說是其證據。

但有時候他會以妖怪鵺的身分，和我——酒吞童子一起在貴船川釣魚談天。

「我有在聽啊。那個公主因為頭髮是紅色的，大家都說她是鬼之子，和源賴光的婚事也因此告吹，找不到未來的歸宿，雙親相當煩惱。」

「啊啊，就是這樣。她從小就擁有能感知並看見鬼怪的才能，在我看來，那股力量日益增加。她出生時是黑髮，但那頭秀髮與逐漸高漲的靈力相呼應，越來越鮮紅。」

鵺用透著憂心的語調淡淡說道。

從他的立場，應該滿擔心親戚的那個小公主吧。

他的魚竿文風不動，因為他的釣竿並沒有裝上魚鉤。

另一方面，我的釣竿有東西上鉤了。

「喔，相當不錯。」

是一條圓鼓鼓的肥香魚，太棒了。

「欸，酒吞童子，你覺得那個小姑娘今後會變成什麼樣呢？」

「嗯？」

「我有一點擔心。做為一個人類，她的靈力太強，加上那特殊的血液，平安京裡蠢蠢欲動的魑魅魍魎都想對她出手。」

「這種事你跟我講也沒用呀。我原本是人類，但現在是鬼。我明明什麼壞事也沒做，只是出手救了在京城裡被當成奇珍異獸供人觀賞的熊和虎，就變成朝廷追捕的逃犯了。對那個小女生來說，我跟那些妄想接近她的魑魅魍魎沒兩樣。」

我像個鬼，直接把剛釣上來的香魚抓起來大口啃咬，同時漫不經心地回答。啊啊，真好吃。

「呵呵，你不太一樣喔，酒吞童子。就算在妖怪界，也沒有誰像你一樣擁有如此深不可測的強大力量。特別是『神通之眼』和你練成的結界術，真的很出色。」

「彼此彼此吧，鵺。化為人類、跟人類過著相同的生活，這種事我可辦不到。話說回來，我真的很不擅長應付女人，可以的話，希望盡量不要跟她們扯上關係。」

「哈哈，你還在講這種話，真是浪費你這張臉。你就是因為這樣，才會一直沒辦法好好吟詠戀愛和歌。」

「少、少囉嗦。」

鵺有位人類妻子，但我身邊並沒有那樣的伴侶。

我根本沒有談過戀愛。

在有許多女子主動接近的年少時代，我就已經受夠教訓了。

因為不停拒絕那些女生而煩得受不了，就將情書一把燒掉，結果招來怨念，最後變成鬼。

「一次也好，能不能幫我去看看那個女孩？如果是你，說不定看一眼就會有什麼發現。」

「啊？不要，好麻煩。我很忙，要在大江山打造一個舒適的隱密家園。成為鞍馬山聖納大人的弟子後，歷經嚴格的修行，好不容易才學到結界術。我擁有的神通之眼可以環顧廣闊範圍，很適合搭配結界術使用。這樣一來，就能建構一個人類無法闖入、妖怪能夠安心生活的家了。」

那是我打從以前就有的願望。

直到不久前，我都還在京城生活，但這個世界對妖怪相當不友善。

那麼，自己來打造一個容易生存的友善環境就好了。

為了這個願望，我開始修行，磨練特殊的結界術。

「鵺，你之後也過來呀。等你膩了，不想繼續化身為人類之後。」

聽到我的邀請，鵺臉上依然掛著從容的微笑，只是淡淡回了句「之後看看吧」。

「你的願望相當了不起，但也聽一下我的請求啦。這個送你。」

「唔！」

鵺邊說，邊不知道從哪裡掏出一個裝滿酒的葫蘆。

我熱愛喝酒的程度無人可及。想當然耳，我收下了這份賄賂。

「唉，我到底幹嘛來看這個小姑娘呀？」

雖然是因為鵺叫我來的。我將葫蘆掛上腰間，悄悄潛進那個姑娘的宅邸，在看起來很適合久坐的枝垂櫻樹幹上坐下來。

誰受得了呀？我心裡暗自嘀咕，大口灌著酒，等待那個姑娘出現。

看一眼，我就要立刻回家。

連婚事都談不攏，又被喚作「鬼之子」的紅髮姑娘。

雖然身為鬼的我，好像也沒立場說別人，但她的外表肯定相當嚇人吧。

「……是誰？」

「嗯？」

遮掩住月亮的薄薄一層雲散開，月光照亮屋子的外側走廊。

「是誰……在那裡？」

我很驚訝。站在那裡、抬頭望著這個方向的，是一個擁有紅色柔軟長髮的夢幻美少女。

膚色有些蒼白，但唇瓣豔紅更勝梅花，柔嫩如悠然飄落的花瓣。

她臉上神色透著對陌生存在的怯意，而那雙天真爛漫的眼睛四周，像是剛剛哭過一場般殘留著淚痕。

「……」

墜入愛河，只需要一瞬間。

我們相遇的那一幕。

此刻，我自出生以來首度體驗到一見鍾情的感覺。

透過左右搖曳的枝垂櫻縫隙，我們第一次視線交會。

胸口驀地一緊。

那個女孩，恐怕不會愛上我吧。

受到一股莫名的衝動驅使，我情不自禁地伸出手對她說：

「我會帶妳離開這裡。」

我記得她的名字是——

「茨姬。」

結果茨姬嚇了一大跳，明亮雙瞳晃動著，將手放在胸口握緊，站在那兒好半晌，一動也不動。

我再次出聲喚她後，她突然回過神，慌慌張張地逃回簾子裡。

這是當然的。

因為我是個鬼。

茨姬……

後來，我去看了那位公主多少次呢？

陰陽師以寢殿為界，設下堅固的結界，所以我總是從那棵枝垂櫻遠望。

每次去到那兒，就能多知道一些茨姬的事。

大概是因為特異的外表，她幾乎不被允許離開自己房間，好像只有夜晚可以偷偷到外側走廊上眺望月亮。

父母也幾乎不來看她，就連侍女對她的態度都相當冷漠，而雙親安排的相親對象，總是一看到她頭髮的顏色就嚇得落荒而逃。

為什麼呢？明明是如此美麗。
因為人類的常識認定黑髮是唯一的美麗標準嗎？
我實在搞不懂風雅的上流社會還有貴族們的喜好。
不過，茨姬還是有客人。
一個是她的和歌老師藤原公任。
他是茨姬的親戚，同時，就是我的朋友鵺。
雖然相處時必須隔著簾子，但茨姬跟從小一直照顧自己的公任十分親近，會向他抒發平日的鬱悶，也會反過來請求公任講一些外頭的新鮮事。
還有一個人，是身手出色的年輕武將源賴光。
他原是茨姬的青梅竹馬，也是雙方家長定好的未來夫婿，結果這樁婚事告吹，現在已經另行娶妻。不過，他心裡還是眷戀著茨姬嗎？或是有什麼想要解釋的嗎？他好幾次都佇立在屋子外頭。真是個不乾不脆的男人。
最後是安倍晴明。
不用說也曉得，他是平安京的大陰陽師。
我也很清楚那傢伙降伏過許多鬼。過去我們曾數度交手，有幾次我還差點送命。老實說，他是個棘手的男人。
但另一方面，也有一些對人沒有危害的妖怪十分仰慕他。這是我從住在平安京裡的傢伙聽來的傳聞。

安倍晴明會定期來替容易招惹魑魅魍魎的茨姬施展結界。

他好像發現了我常常過來這裡，偶爾我們會隔著枝垂櫻瞪視彼此。

那傢伙擁有一頭被視為異端的金色頭髮，和紅色頭髮的茨姬似乎有一些共通點。

實際上，很多人在背後說他壞話，暗地叫他「狐狸之子」。

茨姬似乎因為晴明與自己的遭遇相近，又擁有能鎮服周遭蠢動勢力的力量，因而十分崇拜他，對他寄予莫大信賴。每次晴明來訪時，她都會展露自然、安心的笑容。

那樣燦爛的笑容，不會對我綻放吧。

在那個公主眼中，我和覬覦她的妖怪是同一類怪物。

換句話說，就是天敵。特別是鬼，在妖怪中被認為是最危險、最駭人的。

因為無法實現的愛意，我內心飽受煎熬。這份體驗也是人生中的第一次。

我沒有辦法對這份心情做什麼，只能從那棵枝垂櫻上，趕跑想靠近茨姬的魑魅魍魎，靜靜守望著她。

但沒過多久，有一天，茨姬的身影突然從種著枝垂櫻的那間屋子裡消失了。

鵺告訴我，最近茨姬周遭接連發生難以解釋的意外，她父母認為是茨姬引發那些禍害的，所以將她送到安倍晴明家，拜託安倍晴明照顧她。

啊，結束了。

如果她待在安倍晴明那裡，就沒有我出場的餘地。

就連想要再次凝視那個身影都沒辦法了吧。

「結果連一次都沒能碰到她。」

遭受結界阻隔，沒辦法觸碰對方。

是說，原本茨姬就怕我，所以自從第一次交談後，為了別讓她意識到我的存在，我都會施展「隱遁之術」，消除自己的氣息。

但我實在遺憾。

如果能讓我最後再和她說一次話就好了。

要是我說出口就好了。

告訴她：「別哭了，妳很漂亮。」就算其他人會害怕，但我是真心這麼想的。

而且，乾脆把她從那間屋子裡帶走就好了。

我被稱作平安京最強的鬼，卻無法擄走自己一見鍾情的女子。

簡直沒資格當妖怪了。真是個蠢貨！

第一次，肯定也是最後一次的戀情，已經沒機會實現了吧。

可是，轉機降臨。

那一天，我與最信賴的左右手熊童子跟虎童子一起在大江山的宅邸做過冬的準備。

捎來消息的，是化身為青白色靈鳥姿態一路飛到這裡的鵺。

原本安置在安倍晴明家的茨姬化成鬼了。

起因似乎是受到覬覦她的「水之大蛇」的攻擊。

化身成鬼的茨姬鑿開大地，趕跑那條大蛇，但後來遭到安倍晴明和源賴光制伏，被綑綁在藤原家位於地底深處的監牢裡。

實情沒有對外公開，鵺得知時，茨姬已經被囚禁了一段時間。

「拜託你出手救救那位公主，再這樣下去她肯定會死……」

鵺如此請求時，表情十分凝重。

因為晴明施下一層又一層的堅固結界，想從監牢中救出茨姬並非易事。我們仔細擬訂計畫，等待僅有一次的機會降臨。

我在鵺的指引下總算成功抵達監牢，與守在那道鐵門前的源賴光決戰。

「你出現了，威脅平安京的鬼魅。」

源賴光這麼說，同時架起刀。他充滿正義感的神情看了就討厭。

他該不會在心中認為，打倒酒吞童子就能獲得斬妖除魔的美名吧？

明明是茨姬的青梅竹馬，還是她的未婚夫，為什麼要做這些讓茨姬痛苦的事情——我如此出聲質問，一瞬間他露出迷惘的神情。

趁他手持太刀的架式鬆懈的瞬間，我揮刀朝賴光胸前砍下，毫不遲疑地順勢劈碎沉重的鐵門。

「……這是怎麼回事？」

駭人的惡寒迎面襲來。

在這座光線透不進來的地牢中，設下了我們這類鬼怪最討厭的詛咒。

那是安倍晴明施加的毫無慈悲的詛咒。這一點非常清楚。

在莫名惡寒中，茨姬耗盡力氣、奄奄一息地倒在地上。

那副模樣，跟原本清秀美麗的公主天差地遠。

皮膚潰爛、頭髮蓬亂、骨瘦如柴的手腳套著鎖。那隻手上，殘留著無數次拍打這座地牢牆壁留下的血痕。

從額頭伸出的鬼角底部，層層纏繞施過詛咒的繩子，就是那東西束縛住茨姬的力量。額頭上浮現了顏色混濁的血管，並已有數道黑色裂痕。

為什麼？

為什麼能做出這麼殘忍的事？由原本保護著她的這群人……

她幾乎要因詛咒喪命了。

「……殺了我。」

茨姬乾裂的嘴唇，吐出我不願聽見的話語。

從她身上，我感覺不到一絲一毫想活下去的意志。

她和我同病相憐。原本明明是人類，在某一刻變成鬼之後，便受到人們排斥，甚至差點慘遭殺害。

連親生父母都不再愛護自己，無比絕望，懷疑自身的存在意義。

為什麼我們會出生在這個世上？

為什麼？眼前瀕死的茨姬，為什麼會出生到這個世界上呢？

我想和茨姬一起去尋找這個問題的答案。

我用刀將綁著她的鎖砸碎。

「茨姬，如果妳想要容身之處，我就替妳創造一個。如果妳有想去的地方，無論哪裡我都帶妳去……所以，拜託妳不要放棄活下去，讓我帶妳走……」

她伸出手，卻連抓住我的手的力氣都沒有。我拉住那隻孱弱小手，將她一把抱起來。

我——威脅平安京的極惡之鬼酒吞童子，擄走了這個公主。

「茨……姬……」

身受重傷的源賴光朝著正要離開地牢的我們伸長手，但我只是冷冷地瞥了他一眼，就抱著茨姬消失在平安京的黑夜裡。

雖然後頭有人追趕，但憑藉著夥伴們的力量，我們順利回到大江山的家園。

我立刻細心照料瀕死的茨姬。

她性命垂危，徘徊在生與死的交界。那時我讓她喝自己的血，三天三夜沒闔眼，拚命解開她身上複雜交纏的詛咒，並拆除綑在角上的繩子。

我四處請求協助。

將自己的長髮割斷，向貴船的高龗神換來神水。

用珍藏的美酒，請鞍馬山的大天狗出借他的智慧。

最後憑藉著神明與異類夥伴們的力量，好不容易才成功解開施加在茨姬身上的詛咒。

但是，總算保住一命的茨姬，醒來後一看見我就嚇壞了。

她大概是以為自己會被吃掉吧。渾身發抖地哭泣著，令人不忍卒睹。

如此柔弱的公主呀。

她的身體極為虛弱，也無法好好說話，甚至連站起來的力氣都沒有。

而且，她的抵抗力仍舊很弱，所以我擅自靠近她，強迫她吃飯，幫她的傷口敷藥。

我將顫抖不已的茨姬抱進懷裡，再三告訴她我不會傷害她。在她連吃飯的力氣都沒有時，小米粥、魚漿、桃乾、有藥效的野草汁等食物，我會先嚼爛再送到她口中，讓她吞下。如果不這樣強迫她吃點東西，已經枯竭的靈力就無法恢復。

簡直像野獸親子一般。

過去無法觸及對方的我們，現在卻藉著近距離接觸來維繫生命。

這一切已經與身分差距、種族差異或男女之別都無關，只有我希望這個女孩能活下去的想法，還有在她心中逐漸萌芽的、對於生存的渴望。

傷口一點一滴地癒合了。

茨姬的體力和靈力都慢慢恢復，也開始能夠說話。

但她依舊不對我敞開心房。

就算我去看她，她也老是用袖子遮住臉龐，轉身背對我。

「她是不是討厭我呀？」

我並沒有奢望她會因為我救了她，她就愛上我。

但現在這種情況實在太悲慘了，真讓人想哭。

我悶悶不樂地在屋子的檐廊編織稻草簍。

「頭目，你又被公主拒於千里之外了喔。真可憐，真是個悲哀的男人呀。」

「虎，你給我閉嘴。」

我的手下虎童子，雖然是手下，說話卻毫不客氣。

他似乎是剛撿完柴回來。

「哎呀，你不用擔心啦，公主有姊姊在照顧，她會幫你想想辦法的。公主好像只有對姊姊會稍微敞開心房。」

「這也讓我有點不甘心，為什麼她只對熊……」

當然啦，因為兩人都是女生吧。

虎童子的姊姊熊童子，外表雖然壯碩，但心思細膩又體貼，說話語調也很柔和。對茨姬來說，光是能有個敞開心房的對象就是好事。

「等等……我去看一下。」

「啊～不行啦，頭目～你偷懶不做過冬的準備，我的工作不就增加了嗎～」

虎出聲抱怨，但我滿腦子都是茨姬，根本坐立難安。

我寫了一封不擅長的情書，摘了幾朵野薔薇，再拿上柿乾當伴手禮，就朝她的房間走去。

從簾子的另一側，傳來熊童子和茨姬的談話聲。

「妳為什麼要拒絕頭目呢？別看他那副模樣，頭目並不是惡鬼喔。我還有我弟虎童子，也都受過他的救命之恩。」

「……真的嗎？」

「嗯，我們姊弟是異國的妖怪，原本居住在大陸，被人類抓起來，用船運送到此地，在京城裡被當成珍奇異獸展示。當時，是頭目酒吞童子大人把我們救出來，給我們地方安身立命。」

熊將自己和弟弟的過往，輕聲講述給茨姬聽。

那已經是好久以前的事了。

「酒吞童子大人打算迎娶公主為妻。公主，妳討厭頭目嗎？」

我不禁嚥下一大口唾液。

慘了，要是茨姬說「超級討厭」拒絕我，我立刻就會死在這裡吧。

但她的回答出乎我意料之外。

「並、並不是那樣……因為，我醜得要命，瘦巴巴的，皮膚乾燥粗糙，頭髮又是黯淡無光澤的血色。讓那麼漂亮的男人看到我這副醜陋模樣，實在太丟人了。」

她用幾乎要哭出來的聲音，說著無比惹人憐愛的話語。

我不禁稍稍因此心跳加速。

「原來妳是介意這種小事嗎？沒問題，頭目根本不在意，反而正垂頭喪氣呢。而且，公主呀，只要在大江山呼吸新鮮空氣、享受大自然的恩典，妳很快就會恢復原本美麗的樣貌了。」

「妳說美麗的樣貌……熊童子，妳沒看過我原本的樣子吧？」

「嗯，但頭目過去常常提起喔。他說茨姬就像小朵梅花般嬌豔可愛，秀髮宛如黃昏晚霞照耀下的枝垂櫻一樣美麗。」

「……咦？」

「喂！熊！妳在胡說什麼啦！」

聽到熊轉述這種令人難為情的話，我反射性地掀開簾子。

茨姬愣住了，雙頰立刻漲紅，慌忙用和服衣袖掩住臉頰。

「啊，對了，阿虎正好有衣服要補。那頭目，剩下就拜託你囉。」

熊向我眨眨單眼打暗號後，就朝外頭走去。那張寫著「豁出去一決勝負吧」的表情，看了就讓人火大。

「……那個……」

但我真是有夠沒用。

茨姬仍舊一直掩著臉，我不曉得該怎麼辦，只好把野薔薇、情書和柿乾擺好，轉身背對她。

情書的內容大致是說：「在晴朗的日子，要不要去外頭走走呢？最近的楓葉很漂亮喔。」不曉得她會不會看呢？

寫字跟和歌我都是向鵺學的，但那傢伙老是說我很糟糕，對我的成果感到傻眼。

只要我在場，茨姬就會緊張地縮起身子，所以我只講了一句「好好休養」，就離開房間。

夜裡配著乾肉條小酌時，腦中想的果然仍舊全是茨姬。

飲酒欣賞朦朧明月時，眉頭都緊皺著。

虎在一旁演奏琵琶。

「太悲哀了呀～威震天下的酒吞童子，居然為了一個小姑娘，淪落成這副德性。真是太悲哀了呀～」

「虎，你很吵耶。我可不想被你這個唯姊命是從的傢伙講東講西。」

有一搭沒一搭地胡鬧一番後，夜也深了，虎在地爐旁睡成大字形。這時，一隻嬌小的豆狸踏上開放式檐廊。

毛茸茸的小傢伙頭上擺著黃色的銀杏樹葉，很討人喜歡。

「啊啊，是丹太郎呀。怎麼啦？又來取暖嗎？」

這隻豆狸的名字叫「丹太郎」。他在我面前放下原本抱在懷中、用樹葉包裹住的東西。

我打開一看，是好幾顆栗子和橡實。

過去丹太郎掉進人類設下的陷阱時，我曾經救過他。從那時起，這傢伙就像報恩似地，常常拿樹木果實這類小玩意兒過來。

我叫他過來，把他抱在大腿上，豆狸縮成一團靜靜窩著，抬頭用圓滾滾的可愛雙眼望著我。

「酒吞童子大人，公主恢復精神了嗎？」

「嗯，慢慢在恢復。」

「那個公主，會變成酒吞童子大人的新娘嗎？」

「那、那個……我不曉得。要是她真的討厭我，也不可能勉強人家。」

我像要掩飾什麼似地，伸手撫摸丹太郎的毛。

「頭目，這是茨姫要給你的喔。」

這時，熊童子回來了。她手上還拿著一封信和一片楓葉。

「給我的？」

「我剛剛不就是這樣說嗎？頭目。」

熊傻眼地用手抵住額頭，一臉「真拿你沒轍」的表情。

但我的心瞬間放晴。

這是第一次。茨姬竟然寫信給我。

『楓葉是很漂亮，但我從屋子裡就能看見了。如果你會讓我瞧瞧這輩子都未曾見過的寶物，就請帶我去外頭走走。』

喔喔，這寫法有點像在談判，跟我直截了當的語氣完全不同。

「茨姬沒有見過的寶物嗎？」

但這個要求對我而言，可說是易如反掌。

畢竟她從來不曾離開過平安京，根本完全不了解這個世界。

接下來的一週，秋雨下個不停，好不容易才訂下的邀約也只能往後延。

我呀，該說是真的不受命運之神的眷顧嗎？

但某天晚上，雨停了，夜空中的星星像是潑灑在漆黑狩衣上的珍珠，閃閃發光。這下子明天天氣應該會相當晴朗。我心下一喜，快步奔向茨姬的房間。

「茨姬！明天可以出去了～」

當時，茨姬人在分配給她的房間簾子外頭，站在檐廊仰望著這片星空。

「……啊，酒吞童子……大人。」

她一看到我，立刻慌張地低下頭。

現在還是不想被我看見臉嗎？我聽說這一個星期以來，因為喝了我從貴船討回來的神水，持續潔淨身體，她的體力和靈力都已經以驚人的速度恢復。

「外頭很冷，對身體不好喔。」

「……我想看星星。」

「星星？啊啊……也是，在天空覆滿瘴癘之氣的平安京，看不到這麼澄澈的星空。」

茨姬輕輕點了兩次頭。

「很美吧。大江山的天空，無論是早上、中午、傍晚或晚上，每個瞬間都很美。但我最喜歡的是早晨。明天我會讓妳看一個非常珍貴的寶物，我們約好的。」

「……咦？嗯嗯。」

並肩站在一起，我更加清楚地感受到她比我嬌小許多，肩膀也很纖瘦。

從單衣中伸出來的手也很小巧，肌膚蒼白，這是因為她幾乎不曾沐浴在陽光下吧。

我想要更加看清楚她的臉龐，忍不住朝她伸出手，但旋即想起不能嚇到她，慌忙將手收回來。

「睡吧，明天天亮前就要出門囉。」

然後，一副若無其事的模樣離開。

我一邊走遠，腳步一邊不自覺地加快，情緒可說是越來越激動。

相隔許久終於又說上話了。就算沒能觸碰到她，內心仍舊無比雀躍。

這就是所謂的戀愛嗎？

隔天清晨，我在天色依舊幽暗時就起床，跟每天早上一樣在後方的冰涼瀑布沐浴，再用鬼火烘乾頭髮，然後穿上從隱世商人買來的藍染直垂。

從檐廊上可看到茨姬房間亮著光，她也已經起床了。

我用力拍一下自己的臉頰後，走向茨姬房間去接她。

「欸，熊童子，我看起來會不會很奇怪？」

「不會，跟妳很相配喔，茨姬大人。」

從簾子另一頭傳來這樣的對話。

熊童子立刻察覺到我的存在，迅速走出簾子。

「頭目，已經準備好了。」

然後熊不忘用嘴形叮嚀「頭目，振作點呀」。欸，這個不用妳說我也曉得啦。

茨姬披著我送她的赤紅色小袿，但仍是用袖子掩住臉龐，害羞扭捏的神態十分惹人憐愛。我清清喉嚨說：

「好，走吧。」
我重振精神，輕輕將她抱起。
「咦、咦？」
「茨姬，妳有穿夠嗎？我們要去的地方會有點冷喔。來，我們要出發囉。」
我直接在檐廊套上機靈的虎先行準備好的木屐，飛出張設在屋子周圍的結界。
「路上小心～頭目～公主大人～」
我們將虎和熊送行的大嗓門拋在背後，呼嘯穿越過大江山。
茨姬偶爾會發出微弱的驚呼聲，緊緊摟住我的脖子。
我抱著她，身手矯捷地在岩山往上跳過一塊又一塊岩石，朝高處前進。
「那個，酒吞童子大人，我們到底要去哪裡？」
「快到了。就要天亮囉。」
在我懷中的茨姬顫抖著，呼出的氣息都是白色的，她看起來非常冷，所以我將她抱得更緊，並在旁邊擺上溫暖的紅色鬼火。
冬天近了。
秋末的丹波大江山。
「茨姬，妳看，妳肯定從來不曾看過的珍貴寶物。」
我們抵達半山腰，剛好在一處視野開闊的地點，有一座不曉得何時建成的、已經老舊殘破的小型鳥居。

在這個遭世人遺忘的靜謐場所，有我想要讓茨姬看的東西。

她從我的懷中下到地面，一臉不可思議的表情，凝視眼前的畫面。

一會兒就要天亮了。

「這……」

在朝霞照耀下的雲海。

由於劇烈溫度差產生的晨霧，像是雲朵般在整個視野中蔓延，並且映照著紅豔的朝霞。

這幅光景極美，讓人連刺骨的寒意都拋諸腦後。

這是只能在大江山的這個地點，而且只有這個季節才能看見的特殊畫面。

「這是我的祕密寶物。怎樣，茨姬，很漂亮吧？」

「……」

「茨……姬？」

茨姬眼睛連眨也不眨，只是靜靜流下一行淚。

她已不再用袖子遮住臉龐，而是以全身承受迎面吹來的強風，赤紅色頭髮在風中飄揚。

她的側臉不遜於眼前這片雲海，擁有僅存在於一瞬間的美。

「……好美。我作夢也沒想到，自己還能親眼看見這麼美麗的事物。」

她以囈語般的聲音向我訴說。

說她在那座漆黑又恐怖的地牢中作了個夢。

說那是個幸福的夢。她原本以為那是死後的世界。

「但或許是我搞錯了。我還活著，對吧？」

她真切感受到自己仍活著的實感，抓緊胸前的和服。

「茨姬……」

原本我認為茨姬非常柔弱，但這瞬間她渴望「活下去」的神態，高潔又純粹，惹人心疼。因強風翻飛的長髮，在朝霞的照射下，宛如熊熊燃燒的生命之火。

所以，我連瞧都沒瞧雲海一眼，只是著迷地望著她的身影。

曾經渴望死去，又從絕望深淵中站起來，這段過程花了不少時間。但現在，她充滿蓬勃的朝氣，用自己的雙腳穩穩踏在大地上，就站在我身旁。

正因為如此，我這股想法更為強烈。

我雖然是鬼，是遭人嫌惡的汙穢化身，但只有這份心情極為純粹。

——我想要一輩子守護這個女子。

「欸，茨姬。」

我還是沒辦法放棄，轉身朝向茨姬。

聽到我的叫喚，茨姬也抬頭望向我。

「妳願不願意成為我的妻子？」

「……咦？」

「或許妳還是覺得我很可怕，也不需要勉強自己愛我，但是，我已經愛上妳了。這份心情大概非常純粹。」

而且這肯定是一生只會遇上一次的愛戀。

「我來成為妳的家吧。無論發生什麼事，我都會一輩子保護妳。」

茨姬只是凝視著我朝她伸出的那隻手，片刻後突然訝異地張大嘴巴。

她現在才終於意識到，自己的臉龐一直露在外頭，毫無遮掩地站在我面前。

她內心劇烈動搖，顯得手足無措，想要用袖子掩住臉。

「但、但是，為什麼？我這麼醜，也不再是個人類女子，根本沒資格被你所愛……我什麼都沒有，已經不會再有人愛我了。」

「這一點我也相同。我們都是遭人憎恨的存在。以人類的角度來看，我們兩個都是醜惡的鬼。」

我溫柔地握住她的手腕，將她遮住臉龐的袖子輕輕拉下來，靠近她的臉，與她四目相交，深深凝視那雙比在朝霞下燃燒的頭髮更為鮮紅的鬼之雙眸。

從前，我只是待在枝垂櫻上頭遠望，一直沒能告訴她。

那些過去無法傳達的話語在腦中成形。

「可是，茨姬，妳很美喔。對我來說……對我來說，這一點是無庸置疑的。」

聽到我的話，她的雙瞳劇烈晃動，眼淚又奪眶而出。

愛哭鬼，茨姬。儘管如此，仍是強勁地站在這座大江山的頂峰。

妳是沒有任何東西能夠取代的，我一生的寶物。

就這樣，茨姬接受了酒吞童子。

我們請貴船的高龗神證婚，名正言順地結為夫婦。

不過，茨姬這時大概還沒有真正愛上酒吞童子吧，只是將我當成救命恩人，心懷感謝地接受我的求婚，選擇一起活下去這條道路。

我想，那可能像是一種報恩。

在一同度過的生活中，安穩的愛意逐漸萌芽，就如同雪花般片片飄落、累積。我們過著和睦幸福的夫妻生活。

但仍舊存在一個問題——茨姬身上蘊藏著極為強大的力量。

茨姬這個鬼的鮮血，相當棘手。

【二】力量的使用方式

總算度過嚴寒的冬天，四處仍有些許殘雪的初春時分。
我正跟自己繪製的大江山地圖大眼瞪小眼。
大江山蘊含著好幾處礦脈，在此採集的礦產資源是我們大江山妖怪相當重要的收入來源。
除了販賣給人類，我們也會將礦石帶到妖怪們居住的隱世做生意。此外，在這座山裡也有我們自己蓋的製鐵工坊及鍛造工坊。在工坊冶鍊金屬、打造刀具、製作鐵器再拿去兜售，著實累積了不少財富。
我有一個心願。
從很久以前，我就想著不曉得能不能以這個產業為中心，建造一個能讓許多妖怪安居樂業的桃花源。這個計畫在幾個夥伴的努力下，不斷向前推進。
這個願望，就在冬季休養期間中擬定完成了。
「欸，酒大人，你在忙嗎？」
茨姬模樣可愛地小碎步走來我身旁，我送她的小袿長長拖著地。
茨姬都喚我「酒大人」。
「我也能夠運用力量，和那些壞傢伙戰鬥嗎？」
「……咦？」
她竟然突然說出這種危險發言。
冰雪融解後，各派人馬開始在擁有礦產資源的大江山爭奪地盤，我們確實好幾度跟覬覦這塊土地的鬼蜘蛛一派或人類的山賊大打出手。
茨姬似乎被我們戰鬥的姿態刺激到了，但我聽了可是相當慌張。
「茨姬，妳在說什麼？妳不用戰鬥，半年前妳才剛從鬼門關回來耶。」
「就是因為這樣呀。我不喜歡老是需要別人保護，我想變強。既然我也跟你一樣是鬼，肯定能夠變得強悍才對。」
最近的茨姬不再是楚楚可憐，時而會展露活潑多話的一面。她這種地方也很可愛。
「啊，妳的手指怎麼受傷了！」
「剛剛我跟阿熊學裁縫時弄傷的，沒有很痛啦。」
她毫不在意我的擔憂，爽快回答。
「而且呀，那時我發現一件有趣的事喔。」
茨姬走向庭園，撿了一塊小石頭回來，接著將纏繞在小指的布條解下，讓傷口滲出的鮮血滴在那塊小石頭上。
「你看好囉。」
她接著把上頭有血的小石頭俐落地擲向庭園。
我正納悶她在玩什麼把戲時，就因為劇烈的爆炸聲而彈跳起來。
「……」
我驚愕得說不出話，臉上沒有笑意。

小石頭讓庭園裡的雪山爆發，水蒸氣的白煙裊裊上升。

「咦？威力比剛剛更強了……明明血的量比剛才少呀？」

茨姬本人似乎也不太瞭解這股力量究竟為何，只是手抵著下巴陷入沉思。

不不不，等一下。

「這是什麼？這股力量……」

我現在才醒悟過來，拉過她的手仔細盯著傷口上的血。

然後終於發現，這個血液裡頭蘊含著極為龐大的靈力。

「不光是這樣而已喔。」

茨姬再次走到庭園，朝最旁邊的樹幹「嘿」地擊出一拳。

明明看起來只是軟趴趴的一拳，那棵樹卻像遭雷擊劈中一般，轟然從中間折斷、粉碎、倒向地面。

「你說，我什麼時候突然變成大力士了呀？」

「……我哪知道。」

那個……我的新娘，搞不好其實非常厲害……

原本我以為茨姬極為柔弱，但她畢竟是個鬼。

茨姬舉高自己的手，專注地凝視，盯著仍緩緩滲出的赤紅色鮮血。

「第一次變成鬼的那天晚上也是。有一隻大蛇攻擊我，害我的側腹受傷。」

「大蛇嗎？」

「嗯嗯，水之大蛇喔。那隻妖怪看準晴明不在家時找上我，說我母親病危很想見我一面，叫我趕緊出去。我擔心得坐也不是站也不是，就衝出那間屋子……很蠢吧。結果，那隻水之大蛇咬了我的側腹。因為實在太痛了，我看到自己的鮮血，突然熱血沸騰，不可思議的力量湧現全身……就鑿開大地。」

「……茨姬。」

「明明我一直覺得自己沒有任何改變呀，只是額頭上多了角而已……但果然，我還是變成鬼了吧？」

茨姬面露苦笑，說她害怕自己這股不知名的力量。

那種心情我相當能夠體會，我一開始時也是這樣。

所以，我決定要教導她運用那股力量的方法。

我不是希望她挺身戰鬥，只是，既然不知何時會遇上危險，還是知道一些自保的方法比較好。學會如何駕馭力量只有好處沒有壞處。

做為其中的一個課題，我也教她戰鬥的方式和刀的用法。

靈力是妖怪的生命之源。人類身上雖然也有，但妖怪的靈力遠大於人類，而且如果耗盡就會喪命。我向她解釋圍繞在身體周遭的靈力流動，並教她靈活操控靈力的方式。

如果能將靈力運用自如，就能像風一般在原野奔馳，如獸一般迅速攀上岩山；即使是對人類來說無比困難的高崖，也能輕盈地縱身一躍而上。這些能力對於在山裡頭生活非常有用。

有些事情我沒辦法教，便另請高明。

就是我們彼此都很熟悉的鵺。

茨姬這時才第一次知道，原本一直以為是親戚的藤原公任，其實是個妖怪。她打從心底感到詫異，但對於公任優美的靈鳥姿態十分讚嘆，也相當信賴。加上公任原本就是她嚴格的和歌老師，所以她很聽鵺的話。

歷代妖怪的軼事。妖怪在這個世界的立場。

這個世界叫作「現世」，其他還有「隱世」、「常世」、「高天原」和「地獄」等好幾個異界，在其他異界也住著眾多妖怪。

還有……

「妖怪最要小心避免的就是變成惡妖。」

「惡妖？」

對於鵺向她提起的這個特異現象，茨姬露出一臉疑惑的神情。但在這個混沌的時代，淪落成惡妖的妖怪並不在少數。

「惡妖化，那是因為痛苦和憎惡日益高漲，靈力變得汙濁漆黑時，由於陰陽逆轉引發的現象。聽說一旦變成惡妖，自身靈力將會倍增，但因為無法保持理智，便會遭到惡意支配，對人類進行無差別攻擊。而且，惡妖化會讓自己的身心遭受侵蝕，就連靈魂都會受到詛咒支配，痛苦程度遠遠超乎我們所能想像。還有，這只會發生在身處人類世界的『現世』妖怪身上。」

鵺像要讓這段話刻進茨姬腦海似地，將拿在手上的扇子朝地板「叩」地敲一下。

「茨姬……妳要記住，絕對不能夠變成惡妖。雖然，難免會憎恨那些害自己受苦的人類，但絕對不能被那股憎恨掌控。妳現在只要和酒吞童子一起思考未來的幸福就好。」

「……好的，公任大人。」

茨姬大概沒有真正理解這番話的深刻含意吧，但她仍是畢恭畢敬地點頭。我也將這番話當成對自己的提醒。

只要思考未來的幸福就好。

茨姬似乎從鵺說的這句話中，看見微小的希望。

鵺對茨姬說惡妖的事是有用意的。

鵺一直有些擔心。原本全心信賴的人們，卻把自己關進地牢，讓自己嘗遍恐怖、孤獨和無盡痛苦——遭受背叛的茨姬就算在那時變成惡妖、以憎惡為糧，也絲毫不足為奇。而且，這種可能性恐怕直到現在還殘存在她的內心。

「酒吞童子，只要你好好讓她幸福就沒有任何問題了。」

「少、少囉嗦，我知道啦！」

妻子的這位親戚叔叔鵺，面露溫和的笑容出言威脅，實在太恐怖了。

但這一點我也深刻明白。

茨姬受的傷很重，那是比身體的傷更難以治癒的內心傷痕。

今後我該怎麼治癒她的傷呢？

下一位出手相助的是鞍馬山的大天狗聖納大人。

他外表雖然是個不起眼的修行者大叔，但其實是上知天文、下知地理的厲害天狗，也是過去教導我劍術、結界術、兵法和如何鍛冶金屬的師父。

他傳授茨姬該怎樣更加巧妙地運用身體，還有近距離的肉搏技巧，也告訴我們關於茨姬血液的事。

「真是嚇我一大跳。這和酒吞童子的『神通之眼』一樣，是茨姬擁有的特殊體質，或許可稱之為『神命之血』。」

對於茨姬的血，聖納大人是這麼說明的。

首先，血液的主要力量是「破壞」。

即使不施展複雜的術法，只要她一聲令下，就能破壞各種東西。

由肉體寄宿著這種血液的她直接毀壞也可，或是透過沾染血液的刀刃、物體來破壞也行，例如染血的小石頭或橡實之類的。

而且，茨姬的血並非只能做物理性的破壞，連其他人施加的術法、契約、邪氣或詛咒，只要她能將這股力量運用自如，就有可能加以破壞。破壞這一類事物，在某種層面上等同於「守護」

和「淨化」。

異類們會執拗地想得到茨姬，理由也出在這個特別的血液。

因為那是深深誘惑著妖怪的甘蜜。

只要吃掉茨姬，那個血就將化為自身血肉，由此獲得巨大的力量。

另外，如果娶了茨姬，繼承了那個血液的孩子，將會成為能夠左右現世妖怪未來的存在……

「不管怎麼說，那是無比驚人的力量，絕對不能讓心懷惡意的傢伙搶走。聽到了吧？酒吞童子。」

聖納大人也同樣對我諄諄囑咐。

我和茨姬持續練劍。

一開始大概像是以小貓為對手的感覺，但現在怎麼會變成這樣？

茨姬的戰鬥能力和劍術才能都遠遠超過我的想像，隨著練劍次數增加，我不得不拿出真本事認真應戰，絲毫大意不得。

原本從未拿過刀、老是關在房裡的那位公主，長髮在空中飄揚，身子輕盈舞動，揮舞沉重大刀朝我劈砍。

「呼呵呵、啊哈哈。」

而且還一邊笑著，雙眼閃閃發光！

茨姬似乎藉由和我持刀互砍這件事，感受到自己真實活在這個世界上。

她說，就連疲累和疼痛都令人愉悅，真的是打從心底享受戰鬥。

我的心情有些複雜，但為了讓茨姬的劍術更上一層樓，即使內心頗為掙扎，我還是親手打造了一把專屬的刀送給她。

我在自己的製鐵工坊內將大江山的礦石冶鍊成鋼，再為了茨姬，親自打造一把刀。

活著。戰鬥。

如果累了，就吃最喜歡的蒸煮米飯、當季山菜、芋頭、香菇，還有在森林獵到的獸肉或魚。

妖怪大抵都是如此生活。為了恢復靈力，要大量攝取食物。妖怪之所以會吃人，並非單純因為人肉美味，而是靈力的恢復效率更高。

但我們並不需要吃人類。

畢竟大江山已經有豐富的食物，我們也擁有充足的財富。

茨姬的胃口比普通妖怪還要大，食量大到讓我目瞪口呆的程度。

我想大概是為了維持那身特殊的血肉，才必須吃這麼多吧。

「大江山的食物比我以前吃的東西美味太多了。在京城時，每天吃的東西都沒有這麼新鮮，肉和魚也全是醃製品。」

茨姬邊這麼說，邊吃得不亦樂乎。她最喜歡的是山豬肉，然後是雉雞、兔子、小鹿。魚類喜歡香魚、鮭魚和櫻鱒，果實類則特別偏愛樹莓。

她雖然吃這麼多，卻依舊身形纖瘦。

為了她，我每天都出門狩獵。茨姬也開始會和熊童子一起在附近田裡工作，或是去採集山菜、香菇和果實等。

我有時候會帶著手下的虎童子，一大早就翻過大江山，直奔面海的丹後港。

主要是為了買鹽和酒。

那個時代的調味料，大概就是醋、鹽、醬料。特別是鹽，不管是燒菜或製作能長期保存的醃製物都一定會用到。

魚、蟹、章魚、花枝、鮑魚或海藻等海產，也得趁新鮮趕緊帶回家。

若是人類，往返兩地要花上好幾天，但我們飛也似地一路奔馳，用不了半天就能回到住處。一回去，就要立刻將食材分類處理，分成馬上要吃的，還有要用來製成長期保存食物的份。

我和虎勤奮地將魚類剖開切片，熊和茨姬則在上頭抹鹽淋醋，並搓揉使之入味，以生產線的形式努力製作長期保存食物。主要是做沙丁魚乾、魷魚乾和醋醃章魚等。這些工作相當消耗體力，但因為是每天要吃的食物或下酒菜，所以大家都很努力。

而這一天的晚上，經常會舉辦宴席。

單純撒鹽調味燒烤的新鮮魚類、蝦子和螃蟹、酒蒸鮑魚、如小山一般高的蒸煮米飯、蕪菁或山菜羹、茄子與瓜類的醃漬物。在當時，這些就是豪華料理了。

茨姬稀奇地望著在丹後經常能捕獲的螃蟹。我教她怎麼吃後，她就自己掰開蟹殼，渾然忘我地吃到雙頰都鼓起來。

我更愛喝酒，所以在這種愉快的夜晚，總是隻手不離大酒杯，再配上鰤魚生魚片和醋醃章魚。充分活動身體、努力工作一整天後，酒喝起來真是無比美味。

「既然是丹後國，那酒大人你們看到天橋立了嗎？」

茨姬在我身旁，雙眼閃閃發光地詢問。

天橋立……嗎？

「啊啊，那個在海上延伸、形狀細長的松樹林嗎？天橋立的話，我每次去丹後的港口都會看到，已不曉得看過多少次囉。茨姬，妳也想瞧瞧嗎？」

「嗯，天橋立經常被當作和歌的題材，不過呀，那究竟是長什麼樣子，一直以來我都只能想像。我曾聽說大江山的另一頭有片蔚藍寬闊的海洋，還有天橋立。那不是夢裡的故事，是真的吧？」

茨姬手裡忙著剝蟹腳，同時對尚未見過的絕美景色心馳神往。

啊啊，說的也是。就算對我來說只是稀鬆平常的風景，但對茨姬來說，卻是只從別人口中聽說過、十分嚮往的地方。

「好，那下次就帶妳一起去丹後吧。」

「真的嗎？那我得趕緊來練習急奔下山！」

「到時候我背妳就好啦。」

「呵呵，雖然那樣也很棒，但我還是想靠自己的雙腳到那裡。別看我這樣，我已經可以靠自己越過一、兩座山啦。」

這麼可靠呀。她泰然自若地自誇，同時津津有味地啃著螃蟹，雙頰都鼓起來了。

接著，她「啊！」了一聲，像突然想起什麼似地替我斟酒。茨姬津津有味開懷大吃的模樣，對我來說便是最好的下酒菜。她倒酒的方式也相當豪邁，那杯酒真是美味至極。

然後如果睏了，便各自找喜歡的地方入眠。

茨姬叫我把手臂伸給她。她很喜歡抱著我的手臂，邊看著星星邊入睡。而我喜歡望著茨姬靜靜沉睡的臉龐。

回想起剛帶她來這裡時的情況，她真的變得有精神許多。

享受做自己的輕鬆愉快，恣意自由地過日子，興味盎然地嘗試至今從未見過的、從未做過的事物，面對大自然，勤奮度過每一天。

對我來說理所當然的這種生活，她至今卻從未體驗過。

所以，後來我為她準備了當時女性出門用的壺裝束和斗笠，讓她穿戴上身，再帶著她一起翻山越嶺，前往丹後小旅行。

「哇啊啊啊！太漂亮了，那就是天橋立對吧！」

第一次看見蔚藍海面還有憧憬已久的天橋立，茨姬赤紅色的雙眸閃耀出光芒。

茨姬是我的寶貝，但也不能因此就將她一直關在大江山裡，我想多讓她瞧瞧外頭的世界。只要能看見她這般神采飛揚的模樣……

「茨姬，怎麼樣，海很寬廣對吧？」

「嗯，而且好藍喔。天空和海的邊界剛好接在一起，看起來好像合成一面鏡子。我過去都不曉得有這麼開闊的天空和蔚藍的大海，酒大人總是帶我去看我從未見過的東西呢。」

「開心嗎……茨姬。」

活下去——活著，開心嗎？

我真的有讓茨姬感到幸福嗎？

聽我那麼問，茨姬朝我綻放宛如大朵牡丹花的燦爛笑容，點頭說：「嗯！」

她邊屈指細數邊說：

「我喜歡大江山的星星、喜歡壯闊的雲海、喜歡清新的山毛櫸樹林、喜歡澄澈小溪的流水聲、喜歡夏夜的螢火蟲、喜歡可愛的狸貓，還喜歡翻越大江山後，能夠令人忘卻疲勞的這片寬廣蔚藍的海洋。」

即使成了鬼，她還是沒有失去天生的純粹，反而在自由自在的生活和解放感中，變得更加美麗、閃耀動人。

「不過，最喜歡的是你，因為你給予我一個家。我最喜歡你了，酒大人。」

我早就將過去拋棄我的雙親為我取的真正名字忘卻在遙遠某處，但只要她這麼呼喚我，光是如此，我就感到自己汙穢的一切全都獲得救贖。

我是鬼。

寂寞又眷戀，老是羨慕人類世界，帶著不祥之氣的鬼。

不被允許存在於這個世界，總是遭到嫌棄、疏遠，眾人都希望我消失。

可是同時間，又渴望一個伴侶來憐愛自己，怕寂寞又愛撒嬌的靈魂。

能用真實面貌相互依偎的，僅有彼此。

我們夫婦一點一滴地釀造出純粹的愛。

【三】建造大江山的國度

那是在茨姬成為我的妻子後，又過了兩年左右的事。

「鬼蜘蛛被殲滅了，對方是源賴光和他手下。」

大江山有兩派妖怪。

一個是我，酒吞童子這一派。

另一個則是我的勁敵，鬼蜘蛛一派。

鬼蜘蛛是個極有山賊特色、討人厭的男人。

他曾在爭奪地盤時，好幾次找我一決勝負，也想過要擄走我的妻子茨姬。那傢伙跟我不同，有多位妻妾伺候，所以盤算著將我視為珍寶的茨姬搶走，當成後宮裡的一人。

但當時茨姬已經變得非常強悍，反倒把鬼蜘蛛打得落花流水。

總而言之，他和我們酒吞童子一派是數度交鋒的死對頭。

要是在爭地盤時送命，那還有話說。但如果是被人類，而且還是被那個以殲滅妖怪出名的武將源賴光殺害的話，情況就不同了。

「源賴光開始採取行動，表示朝廷想要拿下大江山了嗎？」

這座山的礦產資源，還有我們妖怪累積至今的財富。

朝廷出兵攻打大江山，表面上是高舉討伐威脅人類安全的妖怪的旗幟，實際上是想要奪取我們的資源和財富。

我們長年來一直畏懼著這種可能性。

「不光是那樣呀，頭目，源賴光打算用他那把殺害妖怪的特殊寶刀，將我們殺得片甲不留吧。聽說，也有些妖怪像頭目和夫人這樣是從人類變成的，但他們一律格殺勿論。那傢伙可是連自己的親妹妹——變成牛鬼的千姬，都能痛下殺手的男人呢。」

「嗯，已經有相當多妖怪沒辦法繼續在平安京生活，逃到大江山來。那邊又有安倍晴明坐鎮，要找到這個隱密的桃花源，只是時間早晚的問題。」

虎盤腿而坐，熊則挺直腰桿、正襟危坐。

平常氣氛總是溫馨放鬆，但現在大家的表情都十分嚴肅。

「果然還是只能盡快做起來呀……」

我早就預料到這種情況，所以長年來花了大把時間，要在這座大江山建構一個巨大結界。那是如同貴船高龗神的龍穴般，存在於這個世界與其他世界之間的結界空間。

我的結界是以「金屬」和「自己身體的一部分」為素材建構而成，十分堅固。

大江山有礦脈，素材取得並不困難；而身體的一部分，通常是使用頭髮。

「酒大人，我們必須幫助那些無處可去的妖怪們。」

「啊啊，沒錯，茨姫。打造一個能讓妖怪安居樂業的家園，是我和妳的願望。」

讓我救回一命的茨姫，總是敞開心胸接納那些跟自己有相同遭遇的妖怪，熱心照料他們。

豆狸丹太郎正在照料的牛鬼「千姫」，也是我們自平安京救出來、從人類變成妖怪的女孩。

但是，平安京內依然存在襲擊人類的魑魅魍魎，這也是不爭的事實。

只要這類事件持續發生，還有妖怪繼續施暴，人類會想討伐妖怪也是情有可原。

「該怎麼辦才好啊～酒吞童子大人。如果不建國自立為王，那些彆扭的妖怪可不會聽話喔。」

「……意思是像你這種的嗎？水蛇。」

「啊哈哈。我呀，是茨姫大人忠實的僕人，你身為她丈夫，我會聽話的啦～大概吧。」

「大概是什麼意思啦？什麼大概呀！」

身穿華麗的異國絲綢服飾，眼睛細如蛇的男人。

這傢伙名叫水連。是個稱作水蛇，從大陸渡海而來的妖怪。

他從方才就一直坐在檐廊，邊拿著菸管吞雲吐霧邊聽我們談話，偶爾插個幾句。

「阿水，你有意見要說，就到這邊來。」

「好好～」

「『好』只要說一次。」

「好～～茨姬大人。」

真是相當可疑的傢伙，但至少現在是茨姬乖巧的眷屬。

不過，從前茨姬還是人類的時候，他就想拿她的肉做不死不老的妙藥，覬覦著茨姬。沒錯，就是讓茨姬化為鬼的那隻水之大蛇。

以花言巧語欺騙她，讓她從安倍晴明的宅邸跑出來，咬傷她側腹的那隻水蛇。

為什麼這種傢伙會甘於成為茨姬的眷屬呢？事情經過是，水蛇再度找到茨姬之後就跑來大江山，但強大的茨姬將他打得落花流水，卻不取他性命，放他一馬。他折服於茨姬寬大的胸襟，自行提出想要成為眷屬。

他擁有豐富的大陸中醫知識，對軍事戰略也頗有研究，腦筋又靈活，對一個門派來說是不可多得的人才，但就是有點可疑……

我並非是因為聽水蛇那麼說才下定決心的，總之，我終於將設在大江山的結界命名為「狹間之國」——意味著它位於不同世界間——收容走投無路的妖怪們。

我——酒呑童子在狹間自立為王，茨姬是女王，並賦予老部下們幹部或將軍的地位。關於法律的建構，則借助當時有涉獵法律的政治家藤原公任，也就是鵺的力量。

那是完全展現出大江山美麗的自然風光，但不會發生重大天災，就連氣候都由我支配的理想國度。

正中央是威猛華麗的鋼鐵宮殿，並在旁邊設置了大規模製鐵工廠與釀酒廠。容納的妖怪越多，城鎮和產業越是蓬勃發展。產出的產品則是盡量帶到「隱世」與其他妖怪交易，這樣一來，就能避免跟人類發生衝突。

靠自己的力量營生、發展並累積財富。

我創造出來的這個國度，絕不遜於人類社會的平安京。

【四】夥伴的故事

酒呑童子有四個幹部。

首先是經常出現的鬼獸姊弟——虎童子和熊童子。

對酒呑童子來說，他們也是跟在自己身邊最久、最能夠信賴的手下。這兩人是我的心腹，擔任狹間之國的將軍重責。

第三個是性格豪爽、魁梧強壯的巨漢雪鬼，名叫「生島童子」。

他是從北方的蝦夷帶著部下來到這個狹間的豪傑，一開始原本是打算攻下狹間、據為己有而發動戰爭，但沒辦法攻陷已經化為鐵之要塞的狹間之國，中間歷經無數轉折後，終於和部下一起臣服於我。

第四個是女性九尾狐「水屑」。

她原是平安京知名的白拍子（歌舞遊女），卻遭安倍晴明揭露其真面目，差點要被源賴光處死。聽到這個消息後，我跟夥伴們同心協力，在行刑前成功救了她。

水屑很感謝狹間之國的妖怪們救自己一命，決定侍奉我。

她既是出色的妖術師，又能用出生時就鑲在額頭的「殺生石」，預料人類的動向和未來發展。另外，她也很擅長傀儡之術。

與酒吞童子相同，茨姬身邊也有四位眷屬。

第一位是長年陪在她身旁的水蛇「水連」。

那傢伙平常是狹間之國的中醫，加上他又熟習大陸的兵法，所以每當有戰役發生，他就會以軍師的身分上戰場。他總是以「宛如諸葛孔明再世」這類莫名其妙的話，描述自己搖著羽扇左右戰局的神氣模樣。

水連行事飄忽、難以捉摸，但是對茨姬無比包容，跟我則是互相吐嘈的關係。這個男人非常有能力，我常常需要借助他的力量。

第二位是藤樹精靈「木羅羅」。

木羅羅是寄宿在原生於大江山的巨大藤樹裡的妖怪。

我們的狹間是以那棵藤樹為據點建造的，木羅羅負責看守結界的職責。一直到最後我都搞不清楚他到底是男還是女……

第三位是一角的吸血鬼「凜音」。

那是一位孤高的銀髮劍士，必須要定期飲血才能存活。他是在更古老的時代就已滅絕的鬼族末裔。

藉由茨姬的血建立起來的忠誠是絕對的，加上他的劍術高超，我暗自相當信賴凜音，但凜音似乎相當討厭酒吞童子。

第四位是八咫烏「深影」。

能夠讀取妖怪內心的黃金之眼遭到覬覦、翅膀因而受傷時，深影為茨姬所救，成為她最後一個眷屬。

深影非常感激茨姬的細心照料，所以，他雖是自日本神話時代就生存至今的崇高妖怪，還是甘於成為她的眷屬。深影有著老么脾氣，跟我也很親近。

其他還有我從以前就十分疼愛的豆狸丹太郎。

雖是源賴光的妹妹卻變成牛鬼，差點命喪哥哥手下的千姬。

許許多多夥伴都在這裡找到自己的容身之處。看著這個國度越來越熱鬧，我和茨姬都非常欣慰。

狹間安穩又和平。

因為擁有出色力量的大妖怪，幾乎都聚集到酒吞童子和茨木童子的身邊。

但是，眼見狹間的妖怪勢力日漸龐大，朝廷並沒有天真到會坐視不管。

人類社會因為頻頻發生大飢荒、大火災、流行病而遭受重創，平安京空有虛名，已成死靈遊蕩的魔都。朝廷會想要奪取大江山蓄積的財富、製鐵的技術、和這個狹間的理由，就在這裡。

愚昧的人類啊。

這個狹間，正是非人的妖怪才建構得出來。

無論如何，都不可能落入人類手裡……

可是，圍繞著大江山豐富礦產資源的戰役，持續了漫長歲月。

我們和夥伴們齊心協力作戰，隨著每場戰役，彼此的羈絆就更加深厚，繼續守護自己一手打造的重要家園。

我們很強。連戰連勝，不知何謂敗戰。

或許因為如此，才沒有留意到——

從內部一點一滴侵蝕的那個「毒」。

【五】宴席的終結

自從狹間之國建立，大約過了十年的歲月。

「怎麼啦？茨姬。」

某個冬季寒冷的早晨。

睡在身旁的茨姬已經起身，神情恍惚地靜靜流著淚。我發現後慌忙爬起來。

火盆裡燒紅的木炭發出「啪」一聲。

房內明明很暖和，她卻看起來很冷的樣子，我將外褂披上她的身子。

「妳作惡夢了嗎？茨姬。」

「嗯……我夢到宴席要結束了。」

「那是什麼呀？雖然愉快的事物結束，是會讓人很寂寞啦。」

茨姬苦笑。在我拉起袖子要替她拭淚前，她眼睛周遭的淚水早已乾透。

茨姬原本是個愛哭鬼，但最近幾乎很少看到她哭了，沒想到今天又見到她的淚水。

她說，如果自己露出軟弱的模樣，會讓大家感到不安，所以她經常表現出強悍的姿態。

「欸，酒大人，這裡是你一手打造的理想國度，是走投無路的妖怪們最後的依靠，所以無論如何，我都要守護這裡，繼續奮戰下去。」

「……茨姬。」

妳不用戰鬥也沒關係——其實我是想這樣說，但現在的她，不容許自己處於光被保護的立場。

所以，我在心中對自己發誓，在緊要關頭一定要盡全力保護茨姬。

「話說回來，茨姬，好久沒看見妳哭啦。雖然剛被我抓來大江山時，每次只要看到我這個鬼，妳就會全身發抖地掉眼淚。」

「什麼？你想說我還是那個柔弱的公主嗎？」

「好痛痛痛！不、不是啦，我是要稱讚妳現在變得這麼堅強又可靠。」

唔哇，兩邊臉頰都被用力一擰，好痛。茨姬可是發揮自身力量狠狠一捏，超痛的。

茨姬一臉不滿，但她的眼睛漸漸透出不安的神色。

「我總有種預感。畢竟，以前……某個男人曾說過，夢會顯示吉凶，能告訴我們過去、現在、未來，還有前世跟來世。」

「哦，前世和……來世嗎？」

告訴茨姬這件事的，多半是安倍晴明吧。我隱隱約約察覺到這點。

「為什麼呢？我夢見自己一直追逐著你，追著你跑到好遠好遠的地方。」

「那真的是很奇怪的夢耶，畢竟我們現在就在彼此身旁啊。」
「下輩子我們也能在一起嗎？」
茨姬宛如自言自語般囈語，眼神像是望著遙遠某處般虛無。
「哈哈，那也要先有下輩子再說吧。我們都可以活很久，根本還沒必要考慮死後的事。」
「呵呵，確實……或許是如此呢。」
夢嗎？
我最近幾乎不會作夢。

那一晚，是豐收年的雪祭當天。
圍著豪邁炙熱的火堆，賜予子民美酒佳餚，我們觀賞著九尾狐水屑用來祈求今後興隆發展的白拍子舞蹈。
「話說回來，王呀，你和夫人不生個孩子嗎？」
醉醺醺的生島童子，像個醉鬼觸及敏感話題。
這傢伙本性不壞，就是偶爾會少了幾根筋。
「剩下的問題，就是這個狹間之國的繼承人呢。」
「喂，別講這個。」

確實茨姬和我之間，到現在還沒有子嗣。即便曾有人告訴我們，繼承了茨姬特殊血液的孩子，將會左右這個世界的妖怪命運。

但是，小孩是天賜的禮物。如果生了孩子，肯定會疼愛到恨不得什麼都給他。不過就算沒有親生的孩子，我在這裡也有大批需要保護的「孩子」，身旁還有最重要的茨姬陪伴著。

「我說喔，王呀，你沒有打算另外娶妾嗎？大家都寄望你有個傳人。妻妾越多，小孩也會生越多喔。」

「你胡說什麼，生島。叫我另娶茨姬以外的妾？那是絕不可能的事，你不要再提這件事了……啊，茨姬。」

茨姬不知何時站在我們背後。

她用那道宛如染血狂刀般銳利的視線、霸氣外露的神情，低頭盯著我們。我們像是被鎖定的無助獵物。

生島童子是個身材魁梧的男人，現在卻縮著身子問：「夫人……妳聽到了？」他的聲音微弱得像下一秒將被絞殺的小鳥一般。

「什麼？酒大人，你要娶新的妻妾嗎？」

「怎、怎麼可能！那只是生島亂說的！」

我立刻斷然否定。

「嗯～但沒什麼不好吧？既然是一國之王，也該有能照料兩、三個妻妾的志氣。」

「……咦？」

茨姬爽快又若無其事地這麼說。

我還以為她會大動肝火，結果卻非如此。她俐落地替我斟酒後說：

「我要去哄孩子們睡覺了……牛御前，要來幫忙嗎？」

「好的，母親大人！」

夜也深了，她帶著一臉睏倦的孩子們迅速離開。

還有牛鬼千姬——牛御前也一同離開了。她現在像個小媽媽般，變成孩子們可靠的大姊姊。

在狹間之國，有許多失去雙親的妖怪孤兒，茨姬也負責照顧這些孩子。雖然不是自己親生的小孩，但那副神態已經很有強悍可靠的母親風範。

「不愧是夫人，胸襟寬大，又威嚴得驚人。哎，她剛剛低頭瞪著我們時，我一瞬間真的以為自己要死在今天了……」

「生島！都是你害的，要是茨姬討厭我，那該怎麼辦！」

老實說，聽到茨姬說出那種話，讓我深受打擊，臉色都發青了。

「吼～王真的對夫人以外的女人都沒興趣耶。太火熱了、太火熱了，真令人羨慕呀，好羨慕喔。」

「……」

「啊，不過，既然夫人說可以了，那水屑怎麼樣？夫人當然是絕世美女沒錯，但水屑也不遜色喔，你看看那曼妙舞姿多麼豔麗動人。」

「我叫你別講了。是說，你都這麼說了，自己去追她就好啦……」

不只生島，這裡的所有男性，全都入迷地望著九尾狐水屑。不，說所有男性有點不正確，應該是我和全然醉心於茨姬的四眷屬以外的男性。

水屑呀……

是啦，那隻女狐狸確實是妖豔又美麗。

但我原本就不善於應付女性，自從對茨姬一見鍾情以來，一次也不曾認為其他女性很有魅力。做為一個夥伴，我是相當重視、尊敬水屑，但戀愛的心情，果然對於茨姬的一見鍾情便是此生唯一的一次。

我和茨姬現在都還跟初遇時一樣，外表沒有變化，仍是十分年輕的樣貌。

但沒變的只有外表，茨姬已經不是那個柔弱的公主。

沒錯。現在她已經變成威嚴又勇猛，偶爾甚至會散發出狂傲氣息的鬼。

她也曾親自上戰場，揮舞著大江山製造的大太刀與大金棒，將迎面衝來的朝廷軍隊打得落花流水，保衛這個國度。但她同時是擁有偉大慈愛的女王，她將那份愛灌注在每一位妖怪子民身上，因此大家都十分仰慕她。

或許是考量到自身立場，她已經不太在公開場合向我撒嬌，我對這點甚至感到有些失落，但能背靠背並肩作戰的強悍妻子也很好。

啊啊，但搞不好……茨姬內心說不定偷偷感到不安。

她很在意我們之間沒有孩子，這件事我一向都明白。

現在的茨姬，無論身心都堅定不移。毫無疑問，她選擇了身為這個國度的女王。

比起自身的尊嚴和心情，她行動前考量的總是我還有狹間之國的未來。

假如我另外娶妾、疼愛那個妾，還打算跟她生小孩，茨姬肯定會深深受傷吧。即便如此，為了這個國家，她大概也不會將忌妒、哀傷的情緒，在我面前清楚表現出來。

「……茨姬。」

我有些恍惚地舔了一口酒。

沒錯，我想起早上，茨姬無聲地悄悄流淚的身影。

她用幾乎聽不見的微弱聲音說，她夢見我要去遠方。

要是那時我沒有醒過來，她肯定會獨自哭泣，沒讓我曉得。

過去我懷抱遠大理想，建造了這個國家。

對於我的理想，茨姬甚至說那也是她自己的夢想，跟我一起努力實現。

想要守護這個國家的心，讓茨姬變得更堅強，但那是不是也緊緊束縛住她，將她逼向無法依賴任何人、再也無法任性的艱難立場呢？

啊啊，我都想哭了。我想見茨姬，現在就去吧。

「我的王，要喝酒嗎？」

就在這時候——

正當我想從宴會脫身時，水屑已經跳完舞，拿著酒到我這兒來。

水屑是一個非常機靈的女人，那也是她受男人們歡迎的理由。

「咦？啊、啊啊……不，我正要離開。」

「喂喂，沒有這種事吧？王，臣下獻酒，你至少要賞個臉啊。」

生島在旁邊大聲起鬨。沒辦法，我只好再逗留片刻，拿起水屑斟好的酒，一口吞下。原本打算喝完就要盡快離席。

「……嗯？怎麼回事？這是不得了的美酒耶。怎麼會有這種美酒？」

「呵呵，這是水屑為了王拚命弄到手的喔。」

水屑雙頰淡淡泛紅，用指尖輕畫地板這麼說。

那杯酒甘甜芳醇，滋味美妙到不該是這世間所有。

不，當然茨姬斟的酒是最好喝的，嗯。

「時間差不多了……宴會該結束了吧？我的王。」

突然，水屑壓低聲音在我耳邊低語。

接著，嘴角輕輕浮現一抹別有深意的嬌豔笑容……

「茨姬、茨姬。」

宴會結束後，我便四處尋找茨姬。

深夜裡，茨姬站在宮殿最上層的檐廊，靜靜望著月亮。

狹間那個人造的巨大銀色月亮。

她的眼神堅強，佇立的姿態凜然崇高，甚至有種勇猛的氣勢，但依舊相當美麗。

不過，從這裡看不見茨姬心愛的大江山真正星空。

「茨姬，我有點話想說。」

「……怎麼了？酒大人，表情這麼嚴肅。」

相對於動作魯莽、快步接近的我，茨姬的反應依舊相當淡然，表情像是完全不介意剛剛的事。

不知怎地，那讓我十分哀傷。我緊緊抓住她的雙肩，與她四目相交。

「話說在前頭，除了妳以外，我沒有打算娶其他女人。」

「……咦？」

聽到我直接了當的承諾，茨姬緩緩睜大雙眼。

她嗤嗤笑了起來，像在說「什麼呀？怎麼突然來這招」似地，但片刻之後，那雙宛如鮮紅飽滿果實的眼眸骨碌碌地轉動，閃耀出光采。

「但是……我還是不該一個人獨占你吧？狹間妖怪們都是因為酒吞童子這個王的存在而聚集、順服。你不是專屬於我的東西，而是屬於這個國家的全體子民。」

「妳說什麼呀？我的一切都是屬於妳的，茨姬……別說那麼傷感的話。」
說出這種話，我真是沒資格當王了吧。
我伸出雙手環抱茨姬的腰，一把將她拉過來緊緊抱在懷裡。茨姬依然挺直身子，但靜靜地將額頭靠在我胸前。
她一句話也沒說，只是靜靜靠著我。
所以，我邊輕撫茨姬的後背，邊訴說對未來的希望。
「沒有小孩也很好呀。我們已經養育了許多沒有父母的妖怪孩子們。妳很用心在照料，所以他們肯定都會成長為優秀的青年。繼承人這種東西，只要從中挑選適合、有才能的人就好。」
「可是……」
「等戰事結束、這個狹間的一切都安頓好之後，我要立一個新的狹間之王。這樣一來，我這個舊的王就只是個礙眼的絆腳石。反正我們也不會變老，到時候就兩個人一起離開這裡，再找個深山窩著，蓋一間小巧溫馨的屋子，過著簡樸低調的隱居生活也很好。吃好吃的食物，享受四季更迭，逍遙自在、互相撒嬌，然後再吃更多美食。如果累了，就躺著看星星入睡。」
最重要的是妳——我們自己，要先過得幸福。
當時這句話雖然沒能說出口，但我心中是懷抱著這樣的盼望。
「就像以前一樣，兩人偷偷跑去旅行也很好呀。再去看天橋立也行，或是從南到北隨便挑個景點。路上遇見的妖怪如果向我們求救，就出手相助；他們要是想找個容身之處，就告訴他們在大江山有個叫『狹間之國』的妖怪國度。我們至少能這麼做。對了，乾脆去大陸或隱世瞧瞧也不錯，把想看的東西全看過一遍。只要兩人在一起，哪裡都能去。」

我希望她能活得更自由、更任性，跟我撒嬌也沒關係。

直到再次變回能這麼做的立場之前，我會奮戰到最後。

茨姬一開始完全沒有給我任何回應，只是一直被我緊緊抱著。

接著，她用相當懷念的聲音，輕輕低喃：

「這樣真棒呢，簡直像作夢一樣。」

「對吧？即使宴會結束，還是會召開下一場宴會。茨姬，我跟妳約定。」

「約定？」

茨姬終於抬起頭來，不再是氣勢萬千的女王神態，而是如同過去的茨姬，天真爛漫的少女眼神。

「啊啊，約定。最後要兩人一起過著安穩的日子。」

「……下輩子也是嗎？」

「下輩子？嗯，當然。下輩子我們肯定也會在一起。茨姬，我會再次去找妳。」

妖怪遠比人類更純粹、專一。

而且我們這種生物，永遠不會忘記約定。

伴侶永世不改，肯定下輩子也不會改變。

我和茨姬相視而笑，簡直像一對年輕戀人，輕輕地接吻，立下約定。

就在這瞬間——

「……咦？結界突然……」

毫無預警地，有一種感覺通知了我。

為了掌握這個狹間現在發生什麼狀況，我集中全副精神，用擁有的神通之眼看遍這個狹間的任何角落。

「怎麼了？酒大人。」

「結界被打破了。東邊，和西邊的岩穴入口。」

我看見，在山毛櫸樹林的入口……熊熊燃燒的巨大藤樹……

在那附近是，宛如察覺到我正在透視而回過頭，朝我發出充滿魔性的尖銳嘲笑的……狐女。

「水屑？為什麼？水屑怎麼會？藤之神木正……木羅羅，燒起來了……」

「欸，酒大人……那個。」

茨姬雙眼眨也沒眨，望著環繞狹間之國的山毛櫸樹林。

火勢正旺。赤紅色的熊熊烈焰包圍住狹間。

遠遠地傳來了警鐘聲響。

原本所有人都爛醉如泥、早早沉入夢鄉，但警鐘一響，大夥立刻驚醒，察覺到情況緊迫。

幹部們立刻聚集到宮殿的最上層。

果然，有人沒有出現。

「背叛我們的是水屑。」

片刻之後，我確實掌握了情況，如此斷言。

「我的力量被水屑拿來的酒封印住了！」

「木羅羅也中招了！想不到那個水屑……竟然會……」

虎和熊各自抱著頭，清楚表現出懊惱和憤怒。

「她拿來的酒恐怕是『神便鬼毒酒』。我只有在文獻中讀過，那是能封住妖怪力量的異界毒酒。」

「異界的……毒酒？」

對這方面相當熟悉的水連，開始說明我們失誤喝下的那種酒。

「混帳……這裡怎麼會有那種東西？」

生島握拳痛擊地板，但水連只是淡淡地繼續說：

「誰曉得？不過，那個狐女從某個地方取得那種酒，再拿給我們喝。那種酒的味道極為誘人，卻是能暫時封印妖怪靈力的毒酒。」

「哈，被擺了一道。源賴光的軍隊剛好趁這段時間進攻，這表示從一開始救了那隻狐女的時候，她便是那一邊的妖怪吧。」

凜音用鼻子哼笑一聲，嘴裡說的淨是諷刺話語。

水屑把這個國度的神木——茨姬四眷屬中的一員「木羅羅」寄宿的藤樹燒得精光，然後逃走了。木羅羅原先一直擔負著從大地支撐結界的重責大任。

本是最大防禦的狹間結界遭到突破，現下又因為這個毒酒的效力，我的力量遭到封印，沒辦法修復結界。

一切都是策劃好的。

算準水屑放火燒毀木羅羅的時機，從外側破壞結界的是陰陽師安倍晴明。這一點我能從結界毀損瞬間的感受察覺出來。

混帳……中計了。

我從來沒想過，竟然會遭信賴的夥伴背叛。

我以為只要是妖怪，只要同為妖怪，就能和原本住在此地的所有妖怪一樣，無論一開始是因為什麼樣的機緣相遇，必定都能相互了解……

「等一下，那個毒酒……我也有喝，但我的力量沒有被封印。」

茨姬臉色蒼白地牢牢盯著自己的手。

率先領悟其中緣由的是阿水。

「這樣呀，恐怕那是茨姬『神命之血』中的破壞力量造成的吧。」

「這樣的話……那麼，只要喝下我的血，就能消除毒酒的詛咒了！」
茨姬從懷中掏出小刀，毫不遲疑地要往自己的手臂砍下。
我立刻制止她。小刀的刀尖淺淺刺進手臂內側，血液緩緩滲出。
「茨姬，住手！這個毒酒的力量十分強大，這一點已經受到詛咒的我們最清楚。要喝下妳多少的血，才能消除這個詛咒呢……就連這一點都不曉得，這樣太危險了！」
「可是、可是，不試試看怎麼知道。明明還有一點可能，明明有……我的血，全都可以給你們。我們要大家一起活下去！」
「茨姬，冷靜一點。」
似乎許久未見茨姬這般方寸大亂。
她的表情像是有某種預感，內心充滿恐懼。
我輕輕舔一口從她手臂上流出的鮮血，但親身確認後，發現果然沒有效果。不，與其說沒有效果，應該說不夠，壓倒性地不足。光是喝這麼一點點，完全敵不過毒酒的詛咒。
茨姬看見我搖頭，眼神渙散地垂下頭。
「恐怕茨姬是因為能在體內持續輸送鮮血，才能夠淨化毒酒、消除詛咒。那是其他人光靠喝茨姬的血沒辦法達成的結果，這個詛咒的層級就是這麼高。」
阿水冷靜地解釋給茨姬聽，而她依然蒼白著一張臉。
「我、我……去找木羅羅還存活的樹苗。只要有那個，或許某天還有機會相見！」

深影變回小隻烏鴉的樣貌，從檐廊飛出去。

「王！就算力量遭到封印，我們也能戰鬥！」

「請下令！」

其他夥伴也已經接受現狀，等待我的一聲號令。

遭受信賴的夥伴背叛，還有一個夥伴被放火燒毀，讓所有人都憤慨地顫抖，難以抑制想要痛宰敵人的衝動。

就算不能使出原本的力量，也絕不讓踏入這個國度的愚蠢人類全身而退。我們的眼神閃著妖怪的殘虐光芒。

就算無法守住一切，也有覺悟要戰到最後一刻。

「先讓女子、小孩和老妖怪平安地逃到隱世。為了這種緊急時刻，我事先蓋了一條通往隱世的通道。茨姬，妳帶他們一起去……」

「你說什麼蠢話，我的王。」

茨姬已經恢復冷靜。不，與其說冷靜，不如說冷酷才對。

她看穿我暗自希望至少送她到安全地點的想法，用連我都會感到毛骨悚然的威嚴聲音回答：

「沒有受到那個毒酒詛咒的只有我，我怎能不挺身戰鬥？」

「……茨姬。」

「絕不原諒。居然讓我重要的木羅羅受到那般殘酷的對待，居然想要奪取我們的國度。」

顫抖的拳頭握得死緊，鮮血從手臂的傷口一路滑落至掌心。

鮮紅、銳利、憤怒的眼神，讓在場所有人都噤聲。

——修羅。

她戰鬥的神態，簡直是渴求鮮血的鬼神。

源賴光的軍隊規模遠遠超過狹間之國的士兵，但茨姬只要將手上武器一揮，那些士兵立刻變成雪原上的螻蟻。茨姬揮舞大太刀，葬送無數人命。

茨姬身上越是沾染鮮血，就越是美麗；血流得越多，就越是強悍。

眷屬和幹部像是要追隨她一般，也拚盡全力戰鬥。

沒錯，不停奮戰，連最後一絲力氣都不留下。

如果對手只是普通人類，就算幾乎施展不出原本的力量，擅長戰鬥的我們也不該慘敗。

但在人類中，還有一小部分特殊的異類存在。

源賴光還有他麾下的四天王，擁有消滅妖怪的力量，或是持有專門用來砍殺妖怪的寶刀。

當他們一出現在戰場上，戰況立刻扭轉。

「酒吞童子，你的對手是我，源賴光。血吸安綱將會斬下你的首級，那也是我長年來的悲願。」

源賴光擋住我的去路，架起寶刀。

那張臉上，已經沒有十年前洋溢著正義感的青春氣息，而是充滿對酒吞童子的憎恨，就像是多年來一直殷殷盼望著這一天，露出帶有瘋狂氣息的笑容。

另一方面，原是賴光家臣的年輕武將渡邊綱，正與茨姬對陣。

那時茨姬已幾乎用盡所有靈力，渾身浴血，十分疲憊。

那是當然，因為她打倒了幾乎所有的敵方軍隊。

反倒該說，要是茨姬不在，我們根本無法撐到這種局面。

茨姬的腳步略顯蹣跚，渡邊綱沒有放過這一點小空隙，加快移動速度，驅使術法繞到她身後，朝她的背部狠狠一砍。

渡邊綱也是一位相當出色的武將，並持有能砍殺妖怪的寶刀「髭切」。

「茨姬！」

不行，不行不行絕對不行。這樣下去，茨姬會……

我將賴光朝我砍來的刀用力往旁邊揮開，看也不看他一眼，迅速鑽過他旁邊直奔向茨姬。

我站在前頭保護負傷的她，擋住渡邊綱的刀，順勢用力踹了他右邊側腹一腳，將他踢飛，並用單手緊緊握住源賴光趁這瞬間劈來的刀尖。

血液從握住刀尖的掌心噴出來。

「不准無視我！酒吞童子，不准無視我！」

賴光的眼神非常銳利，眼中濃烈燃燒著對我的滿心憎恨。

這傢伙到底有多恨妖怪呢？

不僅原是未婚妻的茨姬，甚至連自己的妹妹都變成妖怪，而且兩者都被我搶走了，他沒能成功親自了斷。

沿著刀刃流下的鮮血，被他那把砍殺過無數妖怪的刀吸收進去。

原來如此，所以才會稱為「血吸」。這就是殺害妖怪用的寶刀力量吧。

「水連！帶茨姬走！」

發現這邊異狀趕來救援的水連，光是看見我的眼神和聽見這句話就明白了。

「酒吞童子，你──」

「……你懂吧？茨姬就拜託你。」

水連咬緊牙關，按捺心中翻騰洶湧的情感，立刻抱起受傷的茨姬。

「唔！放開我、放開我！阿水！酒大人！為什麼！」

「什麼？茨姬，不用擔心。我可沒打算將這個狹間、將我們的理想國度，拱手讓給那些傢伙。等我收拾完最後的工作，就會去找妳。」

「酒大人！酒大人、酒大人、酒大人啊啊啊啊！」

茨姬在水連懷裡，用悲痛的聲音不住呼喚我的名字，拚命從水連的肩膀上方朝我伸長了手。

妳說，妳有一個預感。

還說過，妳夢到了不好的事。

宴會結束的夢。

我要去遠方的夢。

所以我微微回頭，朝著越來越遠的妳，說出最後的約定：

「我一定會去接妳。」

不這麼說，她絕對不肯離開這裡。

茨姬的雙眼睜得老大，裡頭滿是恐懼的神色。

接下來，我要替這個狹間畫下句點。

虎童子、熊童子、生島童子……

我闔上雙眼，運用神通之眼確認狹間的狀況。

勇猛的戰士氣力耗盡，慘遭源賴光的四天王殺害。

虎童子和熊童子靠著對方倒臥在血泊中，生島童子獨自堅守女子和孩童逃跑的通道入口，站著斷氣了。

牛御前四處找我們，沒能逃去隱世，但豆狸丹太郎保護了她的安全，似乎已順利逃脫這個狹間。走吧，快逃。離開大江山，逃得遠遠的，去到沒有人追得上的地方……

大家，謝謝你們。接下來，我也要到那個世界去了。

「來吧，賴光。你是來報當時的仇吧？」

賴光挑了挑眉，然後毫不猶豫地架好刀。

一模一樣。這傢伙極為憎恨地瞪著我的目光，和我將茨姬從那座地牢帶走時一模一樣。

賴光肯定從那時候起，就一心想殲滅我吧。

「但真是太可笑了，像你這種名滿天下的退魔武將，居然要靠毒酒的力量才敢找我決鬥。連堂堂正正地戰鬥都做不到！」

「酒吞童子……你這傢伙！」

「真是連鬼神都不屑的邪道！」

我竭力嘶吼出這句飽含所有憤慨與別離感傷的話語。

「我雖然是鬼，但絕不像你們人類，做出這種卑鄙的勾當！」

別了，茨姬。

妳要活下去。

對不起。我們有好多約定，看來我卻無法遵守。

接著，我將自己的刀刺向大地，竭盡全力摧毀這個狹間。

放棄我們建構於此的夢想。

戰鬥到耗盡氣力的一刻。

宴會終結了。

但是，肯定還會舉辦下一場宴會——

在摧毀狹間的同時，源賴光的刀落下，砍斷我的首級。

那是酒吞童子這個鬼，命喪黃泉的時刻。

後來，因為賴光那把刀曾經砍下酒吞童子的首級，所以被稱為「童子切」，以殲滅妖怪的名刀聞名於世。

【？】茨木童子

啊啊，這真是太不舒服了。

自己上輩子被砍斷首級的瞬間。誰想重新經歷這些呀……

黑暗。孤獨的黑暗。

不曉得為什麼，一陣像是心臟鼓動的聲響傳過來。

視野一片漆黑。這是在已結束的生命中，眼瞼內側所見的景象吧？

可是……

眼瞼再度睜開。

我不知為何，正從外頭看著下方自己沒有頭的屍體。

看著讓狹間崩解，在大江山的雪原上留下巨大一灘血的——那個。

視角改變了？因為我死了嗎？

我已不再寄宿在那個遺體裡。

只有首級被帶走了嗎？源賴光他們已經不見了。

只有我用來摧毀狹間的那把刀靜靜地刺在雪中，同時造成不穩定的靈力扭曲，發出陣陣黑色靈波。

賴光他們沒辦法靠自己的力量，帶走這把刀嗎？

「酒大人……酒大人！」

此刻，從遠處傳來一道聲音。

是應該早已離去的茨姬。

她拖著負傷的身軀爬上雪原，朝這邊奔來。

喂，等一下。

茨姬為什麼會在這裡？

「……酒……大人。」

為什麼她會用滿是絕望和失落的目光，看著我已經失去首級的遺體？

不能看。如果看了，要是看了……

「酒大人、酒大人……酒吞童子大人……」

茨姬倒在染滿鮮血的雪地上，在我悽慘的屍骸旁蹲著，伸出顫抖不已的手，輕輕撫摸我已經不存在的臉龐，再次體認到我的首級真的已經不在那裡。

她開始緩緩搖晃我的身體，力道逐漸增強，聲音哽咽沙啞，無數次呼喚我的名字。

究竟叫了多久呢？她都沒有離開那裡。

不要這樣。

茨姬，不要這樣。

我已經不在那裡。

「酒大人，酒大人，酒大人啊啊啊啊啊啊啊啊啊啊啊啊啊。」

我就在這兒。

明明就在這兒，卻無法奔向過去的她身邊。

「不要丟下我，不要丟下我，不要丟下我一個人！」

我也無法緊緊擁抱不停啜泣的她。

她夢見我會去某個遙遠的地方。

因為這種夢境而心懷恐懼的她，被我用這種形式拋下了。

此時此刻我才終於明白，這件事真正的意義。

「……茨姬。」

存活下來的茨姬眷屬都聚集在旁。

他們也都已精疲力竭，顯得極為虛弱。

水連的肩頭似乎被茨姬咬下一塊肉，他伸手按著頗深的傷口。為了讓牛御前和丹太郎逃到安全的地方，在敵陣奮勇打鬥的凜音，全身滿布傷痕、氣力耗竭。

影兒小心翼翼地抱著燃燒殆盡的藤樹精靈木羅羅的幼苗，他身後的黑色羽翼上仍有火焰在燒。他此刻也望著我的屍骨哭泣。

「茨姬，酒吞童子已經死了。」

開口道出這個事實的，是排行老大的眷屬水連。

「或許這很殘酷，但茨姬，妳要接受現實。快點離開這裡，就算只有妳一個人，也要想辦法逃走。賴光下一次的目標，肯定就是妳……」

水連也是拚盡全力。

我將茨姬託付給他。就算只剩茨姬，也必須讓她活下去。我能感受到他堅強不折的意志。

好一段時間，茨姬都將臉埋在酒吞童子已經冰冷的胸前。

然後，她搖搖晃晃地站起身，抬頭望向已經微微亮起的破曉時分天空。

夢醒了，眾鬼的酒宴結束。

儘管如此，早晨還是毫無憐憫地，一如往常降臨。

那是盈滿嶄新空氣，宛如從沉睡中醒來的一瞬間。

茨姬用手掌掬起已無首級的酒吞童子從頸部汩汩流出的鮮血，慢慢送進嘴裡。

從她口中滿溢流出的鮮血，沿著下巴、滑向頸子，再劃過正咕咚吞嚥的喉嚨。

這般身影太過美麗，甚至讓我感到有些害怕。

從靜謐的傷痛中，滿溢而出的愛。

茨姬，原來、原來妳對酒吞童子是這麼地……

「別了……別了，親愛的酒大人，我們下輩子再見。」

過一會兒，茨姬像是做出覺悟般，下定決心站起身。

她伸手拔起刺在屍骸旁邊那把酒吞童子的刀。

從扭曲狹間被拔起的那把刀，拒絕落入非原主人的手裡，震裂了茨姬的手臂。

「對不起、對不起，要是我更強的話……要是我……要是我……」

她的血沿著手臂、刀柄、刀刃側面啪噠啪噠流下，在潔白雪原上綻開鮮紅花朵。

隨風飄揚的髮絲在朝霞的照耀下，更加鮮紅如烈焰。

但那顏色，已經沒有過往生氣勃勃的光彩。

她身上的靈力開始混濁發黑，原本透著有如果實般柔和紅色的眼眸，墮落成像是寒冰般冷冽的豔紅。
像是這世上所有汙濁之氣都聚集在此，魔性的具體化身。
人世間最大的惡。
等一下！喂……難道……妳……
這……不是惡妖嗎？
「茨姬！」
眷屬們追著打算下山的茨姬。
他們都明白自己的主人變成了什麼，又打算去做什麼。
但茨姬只是回過頭，這麼吩咐眷屬：
「接下來是我的戰役，你們絕對不准追來。」
染滿淚水和鮮血的茨姬。
無法掩飾瘋狂氣息的聲音，讓眷屬們心生恐懼地跌坐在地。
「怎麼可以？帶我們一起去！茨姬……連妳都要拋下我們嗎！如果妳要步上修羅之道，我們就跟妳一起去。如果妳要墮落成惡妖，我們就跟妳一起墮落！」
凜音懇切的話語也無法傳進茨姬的耳裡。

她再也沒有回頭，連原本極為珍惜的眷屬們都拋在身後。凜音想要追上去，但水連制止了他。

接下來是我的戰役——如此宣告的茨姬離開嚴冬的大江山後，會基於什麼目的展開行動，一點都不難想像。

沒錯，復仇。茨木童子後來投身於復仇，這與史實相同。

我也想起在民俗學研究社的社辦，真紀輕描淡寫提及復仇經過時的表情。

但是，現在這是怎樣？

這我可沒聽說過喔，真紀。

妳——茨姬，墮落成惡妖了嗎？

「別去……別去！茨姬！不要去了！」

我擠出全身力氣大喊，卻無法傳達。

別去。

不要下山。

她帶上酒吞童子的刀，孤身一人走向某處。

對不起。放棄吧。

我不是想要這種結果才逼妳逃走的。

別去，別去呀，茨姬！

但我的聲音不可能傳到她耳裡。

她的背影，逐漸消失在白雪上方的晨霧裡。

映照著朝霞、閃閃發光的雪原，盈滿像是會扎人的靈氣，四周寂靜到嚇人，幾乎無法想像此地剛剛才經歷了一場大戰。

茨姬。

妳竟然這麼深愛著嗎？

愛著酒吞童子，愛著這樣的我。

甚至因為無法忍受心痛和怨恨而變成惡妖。

然而，我……我卻……

○

「你太愚蠢了，酒吞童子。」

這句話將我的意識拉回現實。

這裡是凜音在晴明神社內建構的狹間。

我只是一動也不動地呆站在原地。

應該是因為漫長回憶害的吧。

胸口異常炙熱，雙眼發疼，淚水幾乎要奪眶而出，心臟撲通撲通劇烈跳動。

一旁的由理見到我這副模樣卻什麼都沒問，似乎已大致想像到、理解了我身上發生什麼事。

「結果，最後你選擇做為一個王，而不是茨姬的丈夫。一個人死去，不過是你的自我滿足而已。」

凜音繼續控訴。

「與其拋下她，與其到現在都不曉得被拋下的人是什麼心情，還不如當時就帶著茨姬一起喪命比較好！」

長久以來一直渴望說出口——透著這股情感的真心話。

這傢伙也是被茨姬拋下的眷屬。凜音果然直到今天還是對茨姬……

凜音發現自己情緒有些失控，嘗試調整自己紊亂的呼吸，試著平靜下來，撥了撥頭髮。

我胸口揪緊。

真紀的靈力值會遠遠高於我們的理由……

我現在終於了解了。

個體擁有的最大靈力，從出生起就不會改變，在現代稱為靈力值。

但有一個方法能讓靈力值增加到近乎兩倍，那就是化為惡妖。
由於靈力的陰陽逆轉，自古以來就有的那個現象、詛咒。
沒錯，過去鵺還曾經特別囑咐過茨姬。
狼人那次也是一個例子。
她也因為對人類的憎恨而變成惡妖，獲得巨大的力量。但同時身軀裹覆在類似業火的黑色邪氣中，肉體承受侵蝕的痛苦。
茨姬拋下眷屬們的理由就在於此。為了避免在化成惡妖後，自己的邪氣將他們牽連進來。那會像連鎖反應般，繼續誘發陰陽逆轉，產生新的惡妖。
茨姬變成惡妖，獲得龐大力量，然後……
「她活了很久喔，後來甚至被稱作『大魔緣』。」
凜音用黃金之眼讀取了我的心思，說出後來的故事。
「在一条戻橋被砍斷手臂是真的，但她沒有在羅生門慘遭殺害。茨姬……茨木童子活了下來，向殲滅狹間之國的那些人復仇後，一心一意想要取回酒呑童子的首級，結果活了很久。」
「很……久……？」
「沒錯，茨木童子這個鬼的故事，比她和酒呑童子這個鬼一起編織的歷史還要漫長得多。她死去時，是明治初期。」
聽到這個事實，我驚愕得說不出話。

明治。明治？

怎麼可能？明治時代可是在平安時代過了很久以後，反倒是比較靠近現代。

遠遠比茨姬做為人類生活的時間，還有她變成鬼跟我結為夫婦共度的時間，還要長上許多。

「為什麼……？為什麼？她一直活到那個時代，到底是為了什麼……」

我頓時雙腿一軟，雙手掩住臉龐，邊感受著體內心臟劇烈跳動，邊在腦中整理這個事實。

意思是，自平安時代在大江山的那場戰役以來，有什麼事情持續到明治時代。那恐怕是……

「她一直在找嗎？直到那個時代為止，一直在找酒吞童子的首級……」

就是這樣？是這樣吧？凜音……真紀。

凜音對著終於恍然大悟的我，用鼻子哼笑一聲說：

「當時天下的結構產生巨大轉變，正是日本的轉換期。趁著時代動盪，茨姬逼得陰陽師的大本營『陰陽寮』解體。因為唯一掌握酒吞童子首級所在地的，只有陰陽寮歷代的長官『陰陽頭』而已。」

接著，凜音用顫抖不已的手按住自己胸口，將他對於我幾近爆裂的憤怒、將他長久以來一直想控訴的話語，恨恨地說出口。

「茨姬和最後一位陰陽頭打成平手戰死了。為了獲得力量不惜變成惡妖，在漫長光陰中都是獨自一人戰鬥，不知受了多少苦……結果到頭來，卻連找了再找、一直拚命尋找的你的首級都沒看到就死了！」

「……」

那是一樁太過悽慘的悲劇，肯定甚至超越了我的想像。

我怎麼都無法忘懷她走下大江山時，那個哀傷的背影。不可能忘記。從那時起，她在這個世上又迷失徘徊了多久呢？

……不，等等。

最後的陰陽頭？

和茨木童子打成平手戰死的，不是安倍晴明嗎？

「酒吞童子，當成赴黃泉的餞別禮，我再告訴你一件事吧。」

凜音從腰際拔出刀，擺好架式繼續說：

「茨姬一直在找尋的你的首級，我已經知道在哪裡了，只是那裡不容易到達。你的首級就封印在宇治平等院的地下寶物庫裡。」

一聽到宇治這個地名，心臟又劇烈鼓譟起來。

「宇治嗎？」

我有不好的預感。

宇治平等院，不就剛好是真紀她們現在去的地方嗎？

「我不會讓你過去的，酒吞童子！我要在這裡砍死你。」

凜音揮刀向我砍來，不給我一絲一毫喘息的機會。

我閃身躲開好幾次攻擊，但那傢伙抓準時機抽出另外一把刀。

「我要讓茨姬臣服於我，那樣一來，你對她來說就沒有必要存在了！」

他衝向我的懷裡，打算用刀尖貫穿我的心臟。

他的攻擊沒有絲毫猶豫。

「！」

但是，刀尖碰不到我。刀刃快要觸及我胸口時，那裡發出放射狀的鮮紅光芒，一股巨大的力量將凜音彈飛出去。

「這……是……」

我想起放在胸前口袋的某個東西，將它取出來。

是護身符。真紀今天早上給我的小香包。

那個小袋子燒成灰燼，小小的花瓣從裡頭飄然飛舞出來，還掉出一張折成數折的紙片，跟一顆裂開的橡實。

不准傷害馨。

那張紙片上，以我再熟悉不過的真紀筆跡寫著這幾個字。

一看到那句話，我從剛剛就一直壓抑的淚水，再也忍不住奪眶而出。

「真紀……妳……」

難怪我一直覺得胸口有股溫熱。

這個護身符擁有的熱度，和真紀的溫度相同。就像她的手總是那麼溫熱一樣。

昨天我還懷疑她，說了那種傷人的話。

大言不慚地說她這麼容易就能說謊，說我覺得她一個人也沒問題。

然而，真紀是……這麼努力地想要保護我……

「那是茨姬的力量，茨姬的光。」

剛剛被彈飛出去的凜音，腳步踉蹌地爬起身來，表情十分僵硬。

他全身受到真紀力量的衝擊，內心劇烈動搖，顯得相當困惑，但沒一會兒就擺好架式，咬得牙齒嘎吱作響，勉強揮刀再次向我砍來。

我冷靜地取出在貴船得到的金棒，當作盾牌化解他的攻勢。

我能理解，凜音身為茨姬的眷屬當然會如此憤慨。

「你太愚蠢了！茨姬這麼愛你，你為什麼沒有發現！明明她的心全都被你帶走了！」

沉重的金屬聲響數次交疊，響徹天際。

隨著我不斷反擊，凜音的刀越來越凌厲且厚重，話語也更加激動。

「為什麼她寧願說謊也不告訴你全部真相？因為……」

明明渾身散發憤怒，看起來卻像快要哭出來的迷途小狗。

凜音頂著這樣的眼眸大吼：

「那是當然的！因為她太愛你了！」

光陰流轉，總算走到這一步。

拼湊起一切，唯一的真實。

不，其實我早就應該明白了。

茨姬選擇了酒吞童子。

總是站在酒吞童子的身邊，在一旁陪著我，與我一同實現我的夢想。

然而，我現在怎麼沒有在她身邊呢？

「……」

非去不可，現在立刻去找真紀。

我想見她，想見真紀。

現在就想要立刻看到她的身影、她的笑容。

「我說過我不會讓你去的，酒吞童子！」

「不行，我要去！」

凜音擋住我的去路，我打算強行突破。

互不相讓的情緒彼此激盪，兩人使盡全力以刀和金棒交鋒。

「兩位，給我住手。」

突然，有種時間靜止的感覺。

「什麼呀？可以不要像這樣把我當成空氣嗎？」

是由理。由理的言靈制止了我們的動作。

「誰、誰呀……你是什麼時候在這裡的？」

「不好意思，我從剛剛就一直在這裡喔。」

凜音似乎打從一開始就沒注意到由理的存在，顯得相當震驚。

是這麼回事呀。確實，由理剛剛一直沒有出聲，同時施展了「隱遁之術」，讓除了我以外的人都不會發現他的存在。

「去吧，馨。我想真紀一定也很想見到你。」

「唔！可是，由理！」

「你擔心我嗎？沒問題，我至少能幫你爭取一些時間。而且，我輸給這小子的可能性，可是連萬分之一都沒有。」

由理的泰然自若，還有不經意的挑釁發言，讓凜音瞇細雙眼，極為不悅地說：

「小鬼，你搞不清楚自己有幾兩重耶，居然敢不拿武器就來阻擋我。」

「那是我的台詞——我一直想這麼說看看呢。你好像完全忘了我，但那也無可厚非，畢竟我們過去的交集並不多。」

「……你在說什麼？看我用……這隻黃金之眼……」

但凜音的動作突然變得遲鈍，他單手摀住眼睛，神情戒備地後退。

由理做了什麼？

趁著那個空隙，由理急忙瞥了我一眼。

「快去吧，馨，去宇治。你的『神通之眼』已經完全甦醒了，只要你想見真紀，立刻就能找到她的位置。而且你還有結界術，無論她在哪裡，你都能立刻追上。」

「……嗯。」

我將這裡託付給由理。

就如同由理非常清楚我有多少力量，這傢伙的能力，我也最為了解。

只是因為他討厭戰鬥、不愛與人爭執，所以有很多傢伙不曉得他有多厲害，還輕視他。但是，他確實是應該跟我和真紀同樣並列ＳＳ級大妖怪的鵺的轉世。

我揮動金棒，強行劃破圍繞著晴明神社的狹間。

宛如玻璃破裂般的尖銳聲音響起。

我朝現實世界踏出腳步。

在視野一角，又看見那隻金色狐狸，但我沒有多加留意，只是牢牢望向前方。

我終於明白了。

真紀之所以不願全盤托出的理由。那個真相。

茨姬變成惡妖，活到明治時代，在漫長光陰中不停奮戰。

這種話她不可能說得出口。

她一定認為，要是我知道了，肯定會深陷在罪惡感和懊悔中。

因為她太了解我的個性。

『你的東西是我的，我的東西還是我的東西。』

『馨今天也是最棒的老公！他說要為我做半熟荷包蛋吐司～』

『欸，馨，我們一起獲得幸福吧。我們兩個一起……在這裡，今後都要一直幸福喔。』

跟我在這輩子重逢，一起分享快樂的事，既粗魯又快活地盡情享受生命的真紀。我想起她燦爛的笑臉，還有好多她說過的話。

就連前世的事，她都是若無其事地半開玩笑帶過，只是因為不想讓我痛苦，所以才堅守著自己的謊言。

現在我終於能夠了解。

她的身影會每天都如此閃耀，甚至偶爾讓人覺得她活得太用力的理由。

但有時候，她身上又會透著一絲哀愁的理由。

可是，我卻因為不安和寂寞而懷疑真紀，還悶悶不樂地鬧彆扭，埋怨茨姬並沒有很喜歡酒吞童子，都不會因不安而飽受煎熬。

明明一直、一直、一直以來，感到寂寞的是她才對。

明明對酒吞童子一往情深，直到燃盡生命為止都在追尋對方的是她才對。

好難受，胸口像要炸開一樣。

我想見真紀。明明每天一起生活，但現在的心情好似我們已經分離了千年的漫長歲月。

我一面向前奔馳，一面闔上雙眼。

真紀的身影，那個背影，在剛甦醒的神通之眼的眼底搖曳著。

我現在就去接妳。

過去許下的約定在我心中炙熱燃燒，就如同死而復生的生命再度鮮活起來。

第八章 輕淺夢境之宴的後續

我總是會夢見一個淡淡的影像。

你呼喚我的名字、朝我伸出手的夢。

「……」

臉上明明流著淚，我心裡卻十分平靜，連自己都嚇了一跳。

長久以來一直在尋找，一直找、一直找……

但直到最後都沒能找到。

這裡是封印酒吞童子首級的冰塚。

親愛的人緊緊闔上的雙眼，還有毫無血色的臉龐。那張表情十分沉靜，讓人幾乎以為只要輕聲呼喚，他說不定真的會醒過來。

「喂、喂、喂，茨木真紀，妳沒事吧？」

「……啊啊，抱歉，我哭了。」

身旁的津場木茜極度慌張，不曉得為什麼在擔心我。

這也無可厚非，何況這傢伙似乎對女生的眼淚沒有抵抗力。

「青桐說過，『酒吞童子』的首級保存在平等院裡。」

津場木茜有些無措地說明。

「不過即使知道這個事實，現在應該也已經不可能到達首級的存放地點。要到這裡必須解開繁複的封印，而那個方法在『陰陽寮』解體時失傳了。我記得是最後的陰陽頭『土御門晴雄』，將記載著繁複封印解除方法的卷軸燒毀。」

「欸，你說的繁複封印……」

該不會，該不會就是……

剛才我用橡實炸彈破壞的入口那個封印吧？

我和津場木茜「啊」了一聲，面面相覷，回頭望向剛才破壞的洞穴入口。

「哇，怎麼來了一大群天狗！」

津場木茜驚聲大叫也是理所當然，因為從我們破壞封印的那個洞穴入口，不停湧進修行者打扮的天狗。

將近有十個人。是剛剛想抓走我的天狗嗎？

但有些怪異。他們的表情都顯得心不在焉，宛如殭屍般左右搖晃。

突然，吹來一股香甜的風，那陣風似乎驅動了天狗們，讓他們從腰際拔出刀，大喊著朝我們發動攻勢。我將手伸進口袋，擺好應戰姿態。

「好喔，天狗們，儘管放馬過來！我一個人陪你們所有人玩玩吧！」

但我身旁，津場木茜已經威猛地將髭切從刀鞘拔出來，另一隻手俐落結成刀印。

「恭請五陽神靈！奔馳、散落吧，桔梗印！」

他雙眼發出晶燦光芒，在地面鑲上五芒星，並腳踏那些圖案，如疾風般穿梭在天狗群中。

一切都發生在一眨眼間。他揮刀的架式乾淨俐落，沒有絲毫多餘動作，天狗們束手無策，被津場木茜的速度玩弄於股掌間，一個接一個倒下。他們的小命還在，只是爬不起來，不住低聲哀號。

哦，挺厲害的嘛。他的攻擊乍看之下毫無章法，但其實是驅使了「加速之術」，是相當熟練的戰鬥方式。以速度為武器的退魔師，這一點跟過去擁有髭切的渡邊綱倒是頗為相像。

「怎麼樣！茨木真紀！」

「很棒很棒。以後我不叫你『橘子頭』了，改尊稱你為『極速流星少年』。」

「什麼啊！」

我甚至還拍手稱讚他耶，津場木茜真是容易生氣。

算了，他心情如何都無所謂。

為什麼鞍馬天狗會攻擊我們？這應該跟這幾天聽到的事情也有關係，我想要知道答案，朝一個倒在地上的天狗走近。

天狗們的目的究竟是什麼？

「唷呵呵……好久不見了呢，夫人。」

「咦？」

在天狗們倒得七零八落的另一頭，響起一個討人厭的妖豔聲音。

一股甜香飄來，宛如火焰羽衣的無數管狐火在空中搖曳。

在狐火中央，喀啦喀啦踩著木屐現身的是——頭戴白狐面具的白拍子。帽頂高高聳起的立烏帽，額上鑲著淺綠色的石頭，深紫色的袴長長拖著地，輕盈無聲地向前走近。

「唷呵呵，不，現在好像應該叫惡名昭彰的『大魔緣茨木童子』比較對呢。」

那傢伙的尾巴分岔為三撮，白毛尖端有如墨般漆黑。

我瞇細雙眼，從正面緊緊盯住那傢伙。

「水屑……我才應該稱呼妳是現在也超級惡名昭彰的『玉藻前』吧？」

「咦？啊？玉藻前？是那個九尾狐嗎！擺布帝王或將軍，在暗地操控日本局勢的那個？被懷疑可能是古代中國的妲己或楊貴妃的那個？在ＳＳ級大妖怪中名聲最惡劣的那個？哇！這真的不幹掉妳不行！」

一旁的津場木茜囉嗦個沒完，吵死了。

玉藻前。

熟知妖怪的人，應該沒人不曉得這個名字。甚至是被拿來跟酒吞童子、茨木童子相提並論的ＳＳ級大妖怪，也名列「日本三大妖怪」。

九尾狐化身為絕世美女，在過去常欺騙當代掌權者，掌握左右時勢的關鍵力量。

但她在改名為玉藻前之前，是用水屑這個名字潛入我們的狹間之國，使詐引發國家滅亡契機的狐女。

背叛了酒吞童子的信賴，令人憎恨的對象。

「唷呵呵，『玉藻前』呀？那是我身為九尾狐時的名號吧。但我被某人殺害了好幾次，現在自豪的尾巴只剩下三條了喔，還是叫我『水屑』吧。」

她取下面具，將自在搖動的蓬鬆尾巴拉到身體前方收起來。

她一臉事不關己的淡然神情，雙眼仍舊瞇成細細一條縫，散發出充滿惡意的妖氣。

簡直是妖怪的楷模。

這股妖氣美豔又毒辣，連旁邊的津場木茜都不禁倒退一步。

「真是辛苦妳了，茨姬。用『傀儡之術』操縱鞍馬天狗，把妳引誘到這裡果然是正確的。畢竟能夠破壞那個封印的，只有妳那個『神命之血』的力量。但如果只是陳年冰塚，我也……」

水屑從尾巴中取出一把大鐵扇，依舊面帶燦笑，喊著「嘿唷～」的同時，使勁搧了一下。只見受她掌控的管狐火立刻朝我們飛來

強勁熱風迎面撲來，我們擺出防禦姿態，水屑則抓準時機趁這一瞬間高高躍起，像跳舞般揮落鐵扇，擊碎冰塚。

「唔！首級！」

酒吞童子的首級，連同包覆在表面的堅硬冰層，整個落進她手裡。

「唷呵呵，我親愛的王。在千年這麼漫長的歲月裡，你都被關在這種地方，真是太可憐了。我現在馬上就帶你出去喔。」

撲通，心臟劇烈鼓動的聲音震動全身。

無法忘懷的憤怒與憎恨一湧而上。

過去我被這種感情淹沒，變成不該成為的模樣。

明明這輩子早已決定，絕對不再讓身心耽溺於復仇。

「欸，津場木茜，不好意思，那把刀借我。」

「啊？為什麼我要借妳本大爺的髭切——」

「借我。」

津場木茜頓時閉嘴，表情苦澀地吞口水。

我的一句話、表情、眼神，讓他閉上了嘴。

他咂舌一聲後，說著「拿去」，將那把刀遞給我。

「絕不讓給妳。只有妳這混帳……」

我接下髭切後，在空中使勁揮了一下。

過去砍斷茨木童子手臂的髭切。這把刀是還記得我嗎？它展現出反抗的態度，喀噠喀噠地震動，帶給我沉重又銳利的壓力。

不愧是用來砍殺妖怪的寶刀。我的掌心被劃破，鮮血沿著刀刃流下，但那種事情現在根本無關緊要。

那種事根本無所謂——

「唷呵呵，妳轉生為人類這種連一百歲都活不到的下等生物了，對吧～～？憑人類的身體，畢竟是無法與活了幾千年的我為敵——」

我不等她說完，狠狠蹬一下地面，轉瞬間就飛到水屑頭上，然後毫不遲疑地使勁揮落刀刃。

「就只有妳！絕對不給妳！」

不可饒恕，不可饒恕。

妳背叛酒吞童子的信賴，將我們重要的家園、可愛的眷屬，連同珍貴的日子都燃燒殆盡。我絕對不會饒恕妳！

水屑也立刻展開鐵扇當作盾牌，阻擋我的刀。

但她不敵我強勁的一擊，順勢猛烈撞上背後的冰壁。

那股衝擊使得天花板上的冰柱紛紛墜落，刺進地面，激起漫天的冰冷白煙。

「……可惡，這個怪力女。」

「哎呀，水屑，這種事妳不是早就知道了嗎？還是怎樣，因為我現在是人類，妳就大意了嗎？明明九條尾巴中有三條是被我奪走的呢。」

受到這番話的煽動，水屑拿出原本藏在胸前的小刀，對準我的心臟一直線擲來，再施展她擅長的「幻影之術」，讓管狐火化為無數小刀。但我只是握緊寶刀使勁一揮，便將朝我飛來的所有小刀一網打盡、全數打落。

沒有施展任何術法。

不耍小伎倆，只是強勁地一刀劈下去，還有利用那一刀造成的衝擊餘波。

對於擁有龐大靈力的我來說，就是如此簡單又強勁。

晚一步飛來的一把小刀擦過我的手臂，又一把掠過臉頰，但那不構成威脅。

鮮血的氣味飄散，內心揚起與憤怒不同的興奮感受……我不禁嘴角上揚。

「或許肉體強度比不上過去身為鬼的時候，但我擁有的力量可沒變少喔。反倒是……對呢，跟化為惡妖的時候相比，現在身體輕得嚇人，所以搞不好現在還比較強。」

我用大拇指拭去沿著臉頰滑下的血，舔掉。

這般熱血沸騰的感覺。

嗯，我沒有忘記。

在性命拚搏中，鎖定獵物進行狩獵，妖怪的鬥爭本能。

我向前走，牢牢盯著眼前的敵人。

「但人類身體相當脆弱也是事實！成為一團火球吧，茨姬！」

水屑絲毫不露懼色，也擺好架式，從長長的袖子中取出扇子，再度揮動扇子操縱狐火，捲起巨大烈焰。

我以為她是要讓那道火焰朝我飛來，擺好架式準備應戰，但她卻讓那道火焰飛越我的頭上，破壞覆滿天花板的冰柱。

「！」

有用腦筋在思考呢，水屑。

我急忙後退，卻發現一回神，自己已被刺進地面的大冰柱團團圍住，無路可逃。

而且潛伏在我背後那根冰柱的管狐火，束縛住我的身體，讓我動彈不得。好熱。

「唷呵呵，只有靈力大到嚇人的粗線條女人，還以為自己可以贏過纖細、機智又優雅的我的妖術嗎？看招！」

水屑又揮動鐵扇。

她在我已經無處可躲的情況下，繼續施放管狐火。

「驅趕、守護！急急如律令！」

正好在這個瞬間，傳來了津場木茜大聲誦念咒文的聲音。

幾張靈符迅速在我眼前排好，連結出層層的朱紅色五芒星。

炫目的陰陽術象徵化為盾，接連彈回管狐火的攻勢。

遭到反彈的火融化堅固的冰，困住我的阻礙隨之消失。

「怎麼樣呀？茨木真紀。雖然不情願，但我還是幫妳一下好了！」

手結刀印指向這邊的津場木茜，臉上毫不意外地充滿洋洋得意的神情。

「津場木茜？為什麼……」

「好幾次把日本搞得天翻地覆的極惡大妖怪就在眼前，如果不收拾她，退魔師的名號會哭泣的。雖然不曉得那傢伙的目的是什麼，但最糟的情況大概就是被她搶走酒吞童子的首級吧。」

這小子……

儘管不知道詳細經過，但該說他的瞬間判斷力很出色，還是出乎意料地很敏銳呢？沒想到居然會讓津場木茜提醒我這麼理所當然的事。

「哎呀，我是剛剛就有注意到啦，但你是哪位呀？唷呵呵，我對初出茅廬的人類小鬼可沒興趣喔。」

「少囉嗦，妳這個頂著大濃妝的老妖精！不准小看我！」

「什麼？大濃妝的老妖精……」

聽到津場木茜無比直接的壞話，水屑的額頭爆出青筋。

「我是隸屬於陰陽局東京晴空塔分部的津場木茜！妳這混帳突然出現是想幹嘛呀！酒吞童子的首級是陰陽局在管理的，還來！」

「什麼？明明就是有我協助才能成功殲滅酒吞童子，卻擅自把首級封印起來的是你們吧？更別提居然還蠢到把解開封印的方法弄丟。都是你們害我這麼辛苦。」

水屑又無限愛憐地抱緊封在冰裡的那顆首級。

「妳想對那首級做什麼！」

「唷呵呵，妖怪追求的只有實現自身願望，而我非常喜歡欣賞繁盛榮華衰退滅亡的瞬間。」

水屑奸險地笑著，說自己至今也是這樣迷惑君主或帝王，擾亂世局。

「就是呀，我想利用這顆首級，施展『反魂之術』讓酒吞童子復活。這次一定要讓這個王乖乖照我的意思行動呢。」

「讓酒吞童子復活？」

「嗯嗯，只要酒吞童子復活了，不管是要顛覆高度繁華的人類世界，或是被馴養慣了的妖怪們，都不是難事，應該可以創造出轟轟烈烈的酒池肉林吧。為了這個目標，我已經操控鞍馬天狗這些棋子，抓來各式神妖的肉體，還捕獲了用來當活祭品的雜魚妖怪，儀式的準備工作已經大功告成。」

水屑綻開恍惚的笑容，陳述自己長年來日益高漲的心願。

津場木茜大喊：「原來都是妳幹的好事！」對於最近驚動京都各界的事件幕後真相，他愣然半晌，但旋即回過神，瞄了一眼從剛剛就沉默不語的我。

他察覺到我身上散發的靈力變得極為冰冷。

握緊的拳頭止不住地顫抖。

水屑似乎很享受我這般反應，又嗤笑起來。

「其實，千年前我也是為了操控酒吞童子這個目的，才潛進大江山的狹間之國。哪知道酒吞童子只想固守國家，根本沒打算奪取人類世界，而且連我的『傀儡之術』都沒效，直到最後他心裡都還是只有茨姬。我是很喜歡他的臉蛋、聲音、體格，還有那無人可敵的力量，但該說他實在太不像男人，還是過於專情執著的這種地方，實在是有點美中不足呢。」

水屑手托著腮搖搖頭，然後將冰封的首級收進她其中一條巨大的尾巴裡。

我沒說話。

首先，酒吞童子是不可能復活的。

畢竟……他的魂魄已經轉世投胎。

但我果然還是無法饒恕。

「酒吞童子……將妳當作夥伴，非常信賴妳。」

我一步步逼近水屑。

「我曉得喔～他直到最後都沒有懷疑我，想要相信跟夥伴之間的羈絆。呵呵呵，果然是人類這種生物變成的鬼，眷戀自己的家園，眷戀聚在一塊兒的同伴。就是因為渴望羈絆這種東西，愚蠢的王才會把自己蓋好的玩具箱弄壞。妖怪原本就是喜愛孤獨的黑暗，無情又魔性的存在。」

我忍不住咬牙切齒。

竟然說我們的理想國度是玩具箱，嘲笑我們相信的羈絆。破壞這一切的罪魁禍首竟然……

「夠了，什麼都別說了，水屑！」

我驀地伸出單手，將某個東西用大拇指彈向水屑。

那東西像子彈，化作一道鮮紅色光芒直直朝水屑射去。

「這是什、什麼？」

橡實爆彈。那東西打到她身體而爆炸的瞬間，就是暗號。

津場木茜的五芒星在我腳邊浮現，我利用那傢伙的「加速之術」提升移動速度，趁煙霧瀰漫的一瞬間跑到水屑後方，從她背後展開攻擊。

無數的管狐火連結成網，化作火焰結界，但我毫不閃避地直接穿過去，順勢舉起髭切刺向正回過頭的水屑，貫穿她的肩膀，將她壓制在地。

「啊啊啊！」

水屑痛到發出慘叫。

「哈……哈……呵呵。」

我雙腳橫跨在水屑身上，輕舔從自己嘴角流出的鮮血，自然地露出微笑。

那肯定是鬼的微笑。

我望著因為靈力高漲而如烈焰般火紅的髮絲在空中飄揚。

算了。

「妳剩下的三條命，就讓我一起埋葬吧。」

我將髭切從她的肩膀拔出來，單手俐落地重新握好，再次高高舉起。

還來。

還來！把酒吞童子的首級還來！

「住手！真紀！」

在我正要揮下刀的那一刻。

制止我的聲音宏亮響起。

下一瞬間，我的身體就被誰的手臂緊緊抱住，朝旁邊飛去。那股勁讓我不禁鬆開手，髭切甩了出去。

「……啊。」

是馨的味道。

眼角捕捉到閃現的黑髮，我立刻就了解是他阻止了我。

兩人一起猛烈摔在地板上，但身體不可思議地完全不疼。因為馨緊緊抱住我，保護我免於受傷。

「真紀……我在這裡……我在這裡……」

馨爬起來，抱住我的上半身。

我朝他伸出雙手。

像是要確認頭好好地在他身上，我用染滿鮮血的手輕觸他的臉頰。

「是……馨吧？你在這裡對吧……」

自然吐露的話語。

我簡直像看到了幻覺，聲音不住顫抖，眼睛連眨都不敢眨。

「嗯，是我，就在妳眼前。我已經不在那種首級裡面了！妳已經沒有必要再追著它跑！」

馨的眼神像是已經明瞭一切。

我醜陋的模樣、過去發生的事，還有，謊言。

長年隱瞞的祕密。

像是自我厭惡般的心情一股腦兒湧上來，我連忙舉起自己的手和手臂，想要遮住臉。

別看，別看我這副模樣。

但馨就像過去某個時刻的酒吞童子，不准我遮住自己的臉，緊緊握住我的手腕，然後……

他毫不猶豫，深深地、深深地將唇瓣貼上我的唇，像是要交換彼此吐息般吻我。

炙熱地、炙熱地。

力道猛得像是能感受到他的心跳一般，他緊緊抱住我，抱到我都發疼了。

「……」

原本失控的、高揚的汙濁情緒，瞬間鎮定下來。

馨緩緩移開嘴唇，在極近距離與我互相凝望，拉起我的手貼到自己的臉頰上。

他輕輕顫抖著說：

「真紀，我來接妳了。總算……」

那是我們的約定。

千年前許下的最後約定。

看到馨快哭出來的神情，我明白這個男人肯定認為自己還沒有實現那個約定吧。馨，你真是奇怪。

害怕寂寞，既堅強又脆弱的人。

至今，你不是已經一邊埋怨一邊來接我幾千幾百次了嗎？

那就已經充分實踐了約定啊。明明我一直都被你的關愛拯救。

「唷呵呵……現在是什麼情況？妳明明好不容易有機會搶走首級。欸，茨姬，突然跑來一個不速之客……」

水屑搖搖晃晃地站起身，朝自己受傷的肩膀施展「治癒之術」，接著用單手拾起我甩落的髭切握緊。

「去死吧啊啊啊啊啊啊，茨姬！」

她布滿血絲的雙眼散發凌厲的光芒，模樣瘋狂駭人地揮刀砍向我們。

「吵死了，妳才是突然跑來的電燈泡。」

但馨從攜帶式狹間（只是個普通塑膠袋）取出金棒，朝飛奔過來的水屑，毫不留情地狠狠砸去。

「啊～～」

水屑像搞笑鏡頭一樣直直飛向天花板上的冰柱。

明明幾分鐘前，場面還那麼嚴肅，現在這是什麼詭異的事態發展？

正值多愁善感年紀的津場木茜，或許因為看到我和馨親密的一幕，從剛剛就一直僵硬地愣在原地。但他總算找回自我意識，立刻大喊：

「啊啊啊啊啊！你啊啊啊啊啊！是淺草地下街的天酒馨！」

他吵鬧地大吼起來。

「真受不了耶，每個傢伙都這樣。搞什麼啦？吵死了。我只是想跟真紀靜靜地多聊一下。結果居然冒出酒吞童子的首級這麼恐怖的東西，還劈里啪啦地打鬧。上輩子的叛徒跟大嗓門橘子頭，還有躲起來偷看的陰陽局傢伙，都很討厭耶……」

馨嘴裡嘟噥埋怨著，另一方面，我和津場木茜都露出「咦？真的嗎？」的神情。

陰陽局的人在偷看？我怎麼完全沒有感覺到他們的氣息？

我再次抬頭望向馨。

「馨，你、你的眼睛！」

漆黑瞳仁的深處，有藍色星星模糊地閃著光芒。

那是過去酒吞童子擁有的「神通之眼」。

我再度伸手觸碰他的臉龐，深深凝望那雙眼眸。

馨也用那雙眼眸回望著我，露出比平常還要溫柔、略帶沉穩的微笑。

「為什麼呢？我才稍微想起過去的事，這傢伙的力量就突然回來了。剛剛也是靠這雙眼睛，我才能找到妳。」

馨神情凜然而篤定地站起身，勁道威猛地將金棒朝地面一插。我也在他身旁站起來。

氣氛驟然轉為凝重。

馨在水屑被擊飛的那個方向，捲起異樣妖氣。

「出來，水屑，妳的事就讓我來了斷。不能再把上輩子的事推到真紀身上。」

「唷呵呵……啊哈哈……小鬼，就憑你這個小鬼？不，好像不是喔，你聞起來比那邊那個橘子頭還要美味。」

水屑雖然對馨感到戒備，但還沒發現他就是酒吞童子的轉世。

「說的也是呢，與其捕捉大量雜魚妖怪，還不如把你們幾個抓起來當供品，這樣我的王應該會更開心。嗯嗯，為酒吞童子的復活——」

聽到這句話，馨忍不住噗嗤笑出來。

他伸手抵著額頭，像是覺得那句話太滑稽似地一直笑個不停。

「酒吞童子的復活？啊哈哈，那種事是不可能發生的，啊哈哈哈哈哈。」

水屑瞇細雙眼，原先悠哉的神態少了幾分。

「小鬼……是哪裡這麼好笑？」

「哪裡？妳問哪裡呀……」

馨放開身旁依然插在地上的金棒，從那個塑膠袋中取出一撮黑髮。

他將黑髮拋到腳邊，雙手合掌結印，神情像是下定決心，連對未來即將發生的一切都有所覺悟，語氣堅定地說：

「因為我就是酒吞童子的轉世。」

空氣晃動，地鳴響起。

過一會兒，巨大靈力猛烈迸發。以馨的雙腳為中心，妖術陣法朝四面八方擴散，開始建構狹間。

「！」

多麼驚人的靈力呀。

素材是在貴船得來的，茨姬以前的金棒，還有酒吞童子的頭髮。

景色逐漸改變，世界的色彩令人頭暈目眩地劇烈轉變，我看得瞪大雙眼。

那是……千年前的理想國度。

民間故事「御伽草子」中講述的時代，過去存在於大江山、由鋼鐵守護的狹間之國。

那是憑藉酒吞童子的記憶，還有過去在那裡製造出來的遺留之物所創建出來的，只有外表相似的模擬空間。儘管如此，還是激起我無盡的懷念。

啊啊，宴會又要開始了。

那個人最喜歡的酒香掠過鼻尖……

「這、這是哪裡？」

旁邊的津場木茜繞著那個狹間轉，但這時無視他就好。

至於水屑，她對於酒吞童子已經投胎轉世到這個世界，顯得十分動搖，從剛剛就雙手抱頭，嘴裡一直喃喃念著：「為什麼？不可能！」

「馨，你要做什麼？」

「把水屑關進狹間，永遠。」

水屑從方才就不斷反覆嘟噥著「不可能、不可能」，但過了一會兒，化身為人的那層外皮剝落，露出原本三尾大白狐的危險模樣。

「首級明明就在這裡！他絕對不可能轉生為人類！」

她的聲音也從妖豔魅惑變為低沉陰險，張開血盆大口，露出尖牙朝馨發動攻勢。

馨舉起單手，淡淡地說：

「我們呀，原本相信所有人都能獲救。既然遭遇相仿，一定能互相理解。只要有一個家、有夥伴在，只要能獲得關愛，受的傷就能逐漸痊癒。」

「如果已經轉世了，那就再死一次，去死吧啊啊啊！酒吞童子！」

「……可是，只有妳無法得救呢，水屑。妳自己看看吧，這裡是遭到妳踐踏毀壞的同胞們的夢之遺跡，王則是我。」

馨將高舉的那隻手瞬間握緊，在水屑下方形成新的陣法。那裡的空間逐漸扭曲，一條像是黑色腰帶的東西伸出來，打算抓住水屑。

「！」

水屑察覺情況嚴重，慌忙用最快速度躍向空中，但那條帶子毫不留情地纏住她的身體，將她拉進空間的扭曲中，簡直像個蟻獅巢穴或無底沼澤一般。

馨是認真要把水屑關進那個狹間裡。

讓她不會再次出現在我，或是我們面前。

「混帳、混帳、酒呑童子！你這個轉世為人類的傢伙！我才不會因為區區這種東西就死去。我還有三條命呢！」

即使聽到水屑撂下的話語，馨也毫不動搖，那雙眼睛中的殘酷神色不曾稍減。

毫無慈悲。因為他明白那是自己的職責。

片刻之後，扭曲的空間闔上，水屑完全被關在裡頭。

「……啊。」

狹間開始收縮。

世界從邊角逐漸化成淡紫藤色的花瓣，飄渺地粉碎、散落、消失。

這裡是夢之遺跡——馨剛剛是這麼說的。

是因為這樣吧。在這個狹間結束的那一瞬間，藤花花瓣飄散飛舞的另一端，我看見了過去一同建設國家的夥伴身影，看見了巨大的藤樹。

也看見相互凝視的，小小國度的王和女王。

是遙遠過去的那一天，宴會終結時的殘像。

回過神來，剛剛那個冰塚的冰早已融解，地板上淹起水來。

已不見水屑的身影。那隻狐女大妖怪究竟是去了哪裡，不僅是我，肯定連擁有神通之眼的馨也不曉得。

她被封閉在那個狹間裡，被放逐到遙遠的地方，已不在現世。

「啊啊！我的髭切！」

津場木茜第一個大叫起來，奔去撿起掉落在地的髭切。還封在冰裡的酒吞童子首級就在一旁很近的地方，他嚇到僵硬地顫抖一下的模樣有點可愛。

「……酒吞童子的首級嗎？」

在馨決定去看一下，往前踏出一步的時候——

一把刀射到馨的腳邊，迫使他停下腳步。

四周出現眾多無意隱藏的人類氣息。

「這麼說來，你剛才說陰陽局的退魔師正在偷看吧？」

「啊啊……被包圍了呢。是在叫我不要碰首級嗎？」

我和馨背靠著背。

陰陽局這些混帳，剛剛還一直袖手旁觀我們和水屑決鬥，現在卻……

原本我就因為是茨木童子的轉世而被盯上，現在又破壞繁複結界，連馨是酒吞童子的轉世這件事都曝光了。

對於那些有如針扎一般、充滿戒備的靈力，我們也擺好應戰架式。

現身的淨是身經百戰的退魔師，而且臉上全都戴著紙面具藏住長相。

「馨，怎麼辦？他們好像沒打算輕易放我們回家耶。」

「真是的，明明我只是來接妳！就連讓我們好好講個話都不行嗎！」

其中一個退魔師，邊牽制我們的行動，邊身手俐落地取走酒吞童子的首級。

另一方面，也有幾個傢伙正朝我們步步逼近。

他們究竟想對我們做什麼？

我們雖然是前大妖怪，但現在只是普通的高中生耶！

「喂，住手，你們這些撿現成便宜的傢伙。你們剛剛除了在旁邊看，什麼都沒做不是嗎？」

這種時候，站在我們身前將刀指向周圍那些退魔師的，是一位橘髮少年。

是津場木茜。他邊威嚇四周的人，邊轉頭對我們說「快走啦」。

「這邊我來處理。反正退魔師不能對人類出手。」

「可、可是，你也是陰陽局的人吧？幹嘛突然講這種少年漫畫裡的角色臨死前必說的台詞呀？」

「什麼，少囉嗦！我是東京分部的人，跟京都總本部的傢伙本來就不同掛！而且，啊啊煩死了！我也不曉得啦，但我就是覺得你們現在不可以待在這裡！快點，快走！」

為什麼要做這種事呢？他似乎也對自己採取的行動有些掙扎，一直用力跺腳，儘管如此，還是選擇相信自己的直覺。

馨拉起我的手，說這邊就交給津場木茜。

不過通往這裡的壁穴前，也已經站滿陰陽局的退魔師。

「從這裡！」

馨拉住我的手繞到右側，那邊好像有一條從這個冰塚連接到外頭的祕密通道，是馨立刻用神通之眼發現的。

祕密通道的入口，外表像是岩石的裂縫，裡頭結滿冰，果然也被施下繁複結界。

津場木茜一發現我們的企圖後，馬上站到那個入口前方舉起髭切，似乎是打算在我們離開前，阻止其他人靠近。

什麼呀？這難道是少年漫畫的必備橋段，昨日敵化為今日友嗎？

「津場木茜，如果你活著回來，我就請你吃淺草的吉備糰子！」

「我們不會讓你的犧牲白費！」

「混帳，為什麼前提好像是我一定會死啦～～！」

我們將他的怒吼拋在身後，用橡實炸彈炸爛祕密通道上的結界，在煙霧瀰漫中全速前進。

津場木茜雖然是個吵鬧的魯莽小鬼，但是個好傢伙呢……

「嘿咻、嘿咻。」

「沒問題吧，真紀，小心走喔。」

「這條通道會通向外面嗎？」

「嗯，我看得見出口。」

岩穴裡的前方路上都貼滿古老符咒，和剛剛連接那個冰塚的通道相同。完全沒有光線透進來，但視線所及之處勉強看得見，因為那些符咒正淡淡地發著光。

通道實在有夠長，中途還有一段很陡峭的上坡。馨拉著我爬過那段漫長斜坡。

然後，我們來到頭頂上能看見外界亮光的地點。

那裡就是出口了，蓋著陳舊的格子狀金屬蓋子、非常窄小的出口。我們倆互相幫忙，一起爬了出去。

這裡好像不是宇治平等院內，而是平等院的後山。

「喂，有天狗耶。」

只見鞍馬山的天狗們暈倒在樹林中。

記得水屑說過，她對鞍馬天狗施了「魁儡之術」。

是她命令天狗在這附近看守？

水屑不在了，所以那個術法解開了嗎？

「喂～喂～有人在嗎？救命呀～～」

有聲音傳過來，是妖怪的聲音。

我們循著聲音的來源在山中行走，發現沒幾步路的小丘上，有無數個像土穴的東西，裡頭關著小型妖怪們。其中有幾隻是之前來向我求救的笠川獺的同伴。

「水屑操弄鞍馬天狗去抓妖怪，然後關在這裡嗎？她說是要在酒吞童子的復活儀式上當成供品。」

「……謎團稍微解開了一些呢。鞍馬天狗會失蹤，還有妖怪們遇上神隱，原來都是水屑搞的鬼。畢竟那傢伙的魁儡之術，效力的確是強到無情。」

我叫那些小型妖怪盡量退到裡頭，再用最後一顆橡實炸彈破壞前面的柵欄。小型妖怪們立刻鬧哄哄地從土穴中跑出來。

其中有許多小動物類的妖怪，他們分別向我們道謝後，略微慌張地想帶我們去某個地點，一直招手說「這裡、這裡」。

「喂，真紀，妳身體還好吧？」

「……沒事，這點小傷根本不礙事。」

馨不時擔心全身是傷的我。我確實有點喘，身體也相當疲憊。

「哎呀，要是在這種深山裡發現一位渾身是血的少女，應該會變成全國新聞吧。」

我試著開玩笑，但馨仍是一臉擔心。

小型妖怪們帶領我們到一座更深山的古老神社。

這裡雖然殘留著原本被施下強大結界的痕跡，但現在那個結界已經解除，我們並沒有特別戒備就走進神社裡。

結果，看到一個黑色翅膀的羽毛蓬亂、滿臉鬍渣的不起眼天狗大叔，正躺在木頭地板上，慵懶地翻看人類的寫真雜誌。

「……聖納大人。」

看起來雖然是個糟老頭，但這一位就是酒吞童子的師父，也曾在各方面指導過我，博學多聞又被盛傳是宇宙人，治理鞍馬山的大天狗「聖納大人」。

聖納大人另一側的祭壇上擺著各種東西。

貴船高龗神的鬃毛、出處不明的妖怪羽毛、眼睛、鱗片、爪子、角……就連難以啟齒的東西也有。還有錫杖、玉或鑰匙等物品，大概是自某位神明或使者搶來的神器。這些全都是從大妖怪或神明身上收集來的，身體的一部分或寶物吧。

「哦，是酒吞童子和茨姬呀。唷～～」

聖納大人即使看見我們，也沒有特別顯露驚訝之色，只是淡然舉起單手。

「不愧是聖納大人，立刻就發現我是酒吞童子，但我現在只是普通人類。」

「我也是喔。」

馨跟我低頭望著這個天狗糟老頭這麼說。

結果聖納大人明顯嘆了一口氣說：

「哎呀呀，好麻煩的狀況呀。我聽說茨姬轉世成為人類了，但居然連酒吞童子都變成人類。我還以為是那個狐女的反魂之術真的成功了咧……嘿咻！」

聖納大人站起身，伸個懶腰，又打了個好大的呵欠。

這個人似乎完全沒有打算要說明情況，於是小妖怪們紛紛開口。

聖納大人被水屑抓到後，似乎就一直被關在這座神社裡。

後來鞍馬天狗們為了救出聖納大人，去找水屑決鬥，卻反倒中了魁儡之術，遭到那個狐女控制。

事情經過大致如此。

「可是，像聖納大人這麼厲害的大天狗，為什麼會被水屑抓住呢？」

我們詢問後，得到的回答實在是有些丟人。原來聖納大人下山去便利商店要買寫真雜誌時，輕易上了化成妖豔美女的水屑的當，等他回過神來，力量已經遭到封印，人就在這兒了。畢竟天狗這種生物，基本上從以前就相當迷戀女色……

「算啦。那個狐女不曉得從那裡得知酒吞童子的首級在平等院裡，原本似乎打算一拿到首級，就要利用鞍馬山豐富的靈脈，舉行酒吞童子的復活儀式。」

「……原來如此。要利用鞍馬山的靈脈，聖納大人就是阻礙了。」

「就是這麼回事吧。不過似乎是在備齊儀式供品後，還是沒有取得最重要的酒吞童子首級，她就一直等著平等院的封印解開的機會。」

聖納大人總算拿出他偉大天狗該有的模樣，向我們說明事情經過。

然後，他輪流看向我跟馨，再伸手搔搔自己的側腹。

「你們兩個現在在這裡，表示水屑的計謀失敗了吧？那我悠閒自在的墮落生活也結束啦。啊～真討厭，回到鞍馬山後，全都是麻煩事。」

「聖納大人，你都沒變耶。」

「在現代社會就算拿出幹勁也沒什麼好事呀。」

「越來越像個糟老頭啦……」

我們也將剛才和水屑的打鬥告訴聖納大人。

明明是相隔許久的重逢，但聖納大人這模樣，根本沒有感動再會的感覺，也沒有緊張感或是嚴肅的氛圍。

但是踏出神社、抬頭望向太陽，搔搔頭的聖納大人低聲喃喃說道：

「是說，你們還在一起，真好呢。」

不經意的一句話，透露出從遙遠過去即存在的慈父關懷。

在聖納大人「集合！」的號令下，原本陷入昏迷的鞍馬天狗一齊爬起身，聚集過來。所有人臉上都是大夢初醒、有些恍惚的神情。

聖納大人命令天狗們將供奉在神社裡的各種東西物歸原主，並向大妖怪們致歉。

然後，聖納大人從鞍馬山上空呼喚雲朵過來，讓我們乘雲駕霧地飛過京都天空，還順便帶上眾多小型妖怪們，高速前行。

好像雲朵公車一樣，好有趣。也像古老時代的百鬼夜行。

半路上，他讓妖怪們分別在指定地點下車。

「茨木童子大人、酒吞童子大人，實在太感謝你們了。」

笠川獺多禮地朝我們鞠躬。他們將頭上的斗笠當成降落傘，從雲朵降落、飛向鴨川。那幅畫面實在太可愛。

送完大家後，我們順利抵達鞍馬山的魔王殿。

鞍馬天狗們再三跟我們道謝，還說要舉行宴會，但我們想盡快將鬃毛還給貴船的高龗神，就跟聖納大人說下次會再來玩，動身前往貴船。

「糟糕，馬上就要黃昏了。」

「這樣下去，學校要發搜索令找人啦。」

我們正因人類的學生身分焦急時，在山裡接到由理的電話。

『啊啊，那件事不用擔心。叶老師的式神——朱雀和玄武已經變成你們的模樣。小組成員也都已經回到這邊，看起來沒有發現任何異狀。啊，叶老師在旁邊說，把你們那邊的麻煩事都處理完再回來。』

他理所當然地這麼說。

咦？在電話另一頭的由理旁邊，叶老師也在嗎？

絆住凜音的由理平安無事。雖是預料中的發展，但我終於能放下心中大石。但叶老師不僅掌握了情況，還出手幫助我們，這倒是讓人十分驚訝。

他真的是站在我們這邊的嗎？還是有什麼企圖？實在搞不懂……

我們再次降到貴船的龍穴中，高龗神看到渾身是傷的我們，立刻放聲大哭。但拿回鬃毛後，祂的崇高神采頓時高漲，貴船的清水更加盈滿澄澈的靈氣。

高龗神讓我們在龍穴裡用清水潔淨身體。

畢竟我們從剛剛就染滿鮮血、全身是傷，還附著大量邪氣。

「馨，你不要偷看喔。」

「誰會偷看呀！笨蛋！」

啊，是平常的馨。我忍不住呵呵笑了起來。

我們隔著青苔浮島，各自在水精靈們的協助下清洗身體。

洗完後，一穿上潔白浴衣，不知怎地，一股強烈睡意突然襲來。

我還想，終於可以和馨好好講講話……

我和馨在苔島上躺下來，下意識地相互挨近，像是渴求溫暖的小孩子般，握住彼此的手。

『沒關係，身為彼此命中註定伴侶的孩子們，睡吧。將全身都交給貴船的靈氣，深深地被療癒吧。』

高龗神充滿慈愛的聲音，聽起來好遙遠。

「喂、真紀……真紀……」

「……馨。」

聽到馨的呼喚，我醒了過來。

四周雖然昏暗，但不可思議的羽蟲亮著光，無聲飛舞著。

啊啊，真的睡得好熟，完全沒有作夢，所以現在宛如重生般神清氣爽。

「現在幾點？」

「還沒天亮，但差不多該走了，高龗神要送我們過去。」

高龗神已經在等我們。我們換上水精靈幫我們洗乾淨、修補好的制服後，抓住高龗神的鬃毛，穩穩踩在祂身上，避免被龍神昂然往上飛翔時的勁道甩下來。

一轉眼我們就離開龍穴，在貴船上空翱翔。

天亮前凜然神聖的空氣和冰涼晨風裡……

「咦？不是要去京都市區嗎？旅館所在的京都車站是反方向喔。」
「我拜託高龗神，請他順便帶我們去某個原本沒有要去的地方。」
「原本沒有要去的地方？」
馨仰望上方的神情十分堅毅，只是牢牢看著前進的方向。
我們以驚人的速度穿過群山。
我立刻就發現了。那裡是位於京都北部的大江山。
高龗神放我們下來的地方是大江山的半山腰，能一覽群山的開闊場所。
「這裡……」
冰涼的風靜靜吹動我的頭髮。
時節是晚秋。這個時期，在大江山天亮前能看見的景色是……
「……雲海。」
片刻之後，眼前是一望無際、籠罩下界的莊嚴雲海。
在初升太陽的照耀下，朝霧染上晨霞壯闊且令人敬畏的色彩。
耀眼的紅色光芒。
我的眼睛肯定也是相同顏色。
「這裡的景色還是那麼壯觀呢。真紀，妳記得嗎？」
身旁的馨說起某個鬼直截了當的求婚事蹟。

「那個鬼在這個地點開口求婚，問他深愛的公主願不願意成為他的妻子。在鬼心中，公主是比這片雲海更珍貴的寶物，他發誓無論發生什麼事，都要全力保護她……」

「……馨。」

我抬頭望向馨，詫異地愣住。他嘴上雖然講著浪漫的話，臉上卻一臉懊悔地落下一行淚，並用手掌蓋住眼睛想要掩飾。

「但是，那或許只是我的自我滿足吧。我想要保護妳……就算我不在，也想要妳幸福地活下去，擅自這麼期盼，戰到最後一刻死去。結果因為這樣，害妳在漫長歲月裡，一直一直都是獨自一人……把妳留在痛苦和孤獨中。對不起，真紀。對不起、對不起……茨姬。」

他果然全都曉得了。

每次看到馨哭成這樣，我總會感到胸口一緊。

「對不起，馨。我一直都說不出口，還說謊……」

好難受，好寂寞，憎恨著所有奪去你的人事物。

「甚至墮落變成惡妖，我太弱了。」

嘴唇顫抖著，眼淚奪眶而出，我也開口道歉。

我們是能夠相互吐嘈的關係。

即使不特別說出口，也知道該如何靠近對方的關係。

那是非常珍貴的。

我喜歡兩人一起分享笑容、分享快樂的事、分享每一天樸實的餐點，不想破壞被重要的人環繞的幸福時光。

所以，我說不出口，不希望你知道我曾經變成那副模樣。

我不希望馨懷抱罪惡感生活。

「啊啊，我懂的，真紀。所以我們這輩子一定是為了獲得幸福才投胎轉世。上輩子沒能做到的就是這些吧，一起吃飯、睡覺、談天、珍惜對方，能救的妖怪盡量救，但絕不會犧牲自己。為了感受平凡的幸福，我們才會重逢。」

馨的話強而有力，眼神絕不只是受控於上輩子的罪惡感，眸中燃燒著對未來的決心、期待和希望。

「是說，這些都是妳平常說的話、做的事，我只是現學現賣而已。總之，我們不會改變，不過也有些地方改變了。」

「咦？什麼？哪裡變了？」

我有些狼狽。畢竟我就是害怕有所改變，才會一直守著那個謊言。

馨看到我慌張的模樣笑了出來，但立刻轉向我，用好久好久以前，在遙遠的千年前，在這個地點展露過的那般既可靠且溫柔，但是又帶著幾許憂傷的笑臉，凝視著我。

「要說有什麼改變……就是我再次愛上妳了。不過，那也不是壞事吧。」

「……」

「這一定是人生中唯一一次的愛戀。」

平常總是害羞彆扭的馨，用這麼直率的眼神，對我說出極為純粹的心情，然後，臉上依舊帶著令人安心的笑容，朝我伸出手。

「真紀。」

我總是會夢到一個輕淺的夢境。

親愛的人呼喚我的名字，朝我伸出手的夢。

我凝望著他面帶憂傷的臉龐，有些疑惑這究竟是夢還是現實，戰戰兢兢地握住那隻手。下一瞬間，馨使勁將我拉近，環抱住我的腰，將我舉向空中。

「哇，馨！」

「啊哈哈，妳果然好輕喔，真紀。」

「……真的嗎？」

「啊～不過好像還是比以前重？」

「應該是吧，畢竟現在每天都吃很多呀。你都會帶好吃的東西回家嘛。」

我用力捏住馨的臉頰往外拉。

馨喊著痛，臉上卻笑得開懷，原本含在眼角的淚珠滑落。

那副神情實在太可愛，我像是包裹住馨的頭似地緊緊抱住他。

馨也緊緊回抱我。

「我最喜歡你了，最喜歡。馨，我一直都喜歡你，喜歡了千年。」

「嗯，我也是。我愛妳……真紀。」

再也無法壓抑、混著淚水的告白。

這份純粹的愛情，融入這片雲海流動著，飄向遠方。

宴會又開始了。

再來舉辦比過去更盛大、更熱鬧的新宴會吧。

〈裡章〉由理和叶老師一起等待好友歸來

我的名字是繼見由理彥。

我悄悄待在修學旅行住的旅館屋頂，雙手托腮倚著欄杆，獨自靜靜望著逐漸亮起的天空。

「一大早就偷偷溜出房間，在屋頂上發呆……裝成模範生的那層表皮會脫落喔，公任大人。」

「……拜託，我不是叫你不要那樣叫我嗎？」

不知何時，叶老師站到我的身旁。

「星象動了呢。」

他和我一樣抬頭望向天空，輕聲說道，並且毫無顧忌地抽起菸，像是嘆息般地吞雲吐霧。

「你在等那兩個人嗎？」

「呵呵，應該馬上就回來了吧。這種日子的早晨，大江山的雲海肯定很美……我只是這樣想而已喔。」

那幅景色，肯定無論過去或現在都不會改變。

無論過去或現在都不會改變的事物，那兩個人肯定會很珍惜。

「叶老師才是，你擔心真紀和馨嗎？」

「……」

「到底為什麼呢？上輩子你追殺那兩人，這輩子卻一直守望著他們，太不可思議了……簡直像是從遙遠的過去就一直如此。」

我側眼望向他，叶老師的表情並沒有特別變化，只是叼著菸發呆。他依舊是個城府更深於我、令人搞不懂的傢伙。

「你才是吧？居然能從和那個凜音的對陣中全身而退。」

「哇，你轉換話題轉得太明顯了吧。」

從他還是安倍晴明時，就會輕巧閃躲我的追問。
盡量深入人類世界的鵺，氣質要比安倍晴明更像人類。這點我一直相當自負。
「我呀，就是很擅長一些小花招，而且有真紀給我的護身符。我只是跟凜音講了幾句話，然後趕快逃之夭夭而已。」
「你真敢講，那個吸血鬼看起來精神上受到很大的打擊喔。」
「啊哈哈，如果你當時在場，就出來幫我一下嘛。再怎麼說，我也算是你可愛的學生，那時還被惡霸攻擊了。」
我也笑著蒙混過去。
同時，想起馨因為凜音而得知茨姫的真實過往這件事。
那兩人現在是如何面對彼此的呢？
「你滿意嗎？叶老師，已經揭穿一個謊言囉。」
他出現在我們面前提出的問題，已經解決一個了。
叶老師的表情仍是毫無變化，只是一直仰望天空。
望著只有他才明白的星象變動。
「叶老師，我有些事想問你，可以嗎？聽到凜音的話後我在想……茨姫的結局乍看之下好像是悲劇，但真的是這樣嗎？」
我將背倚在欄杆上，提出一個問題。

叶老師側眼瞄了我一眼，用平板且不帶感情的聲音說：「你說說看。」

「至少對現世的現代妖怪來說，茨姬活到明治時期是一件很有意義的事吧。」

「……」

「她一直追尋著酒吞童子的遠大目標和願望，所以在酒吞童子過世後，讓狹間結界之術在妖怪間廣為流傳。講述道理、和人爭論，花上大把光陰說服大家建立派閥相互幫助的，恐怕就是茨木童子。那些事情延續到今天，才造成了工會制度和妖怪的現狀……沒錯吧？」

「不愧是你……這麼快就看穿了。」

「我一直覺得很不可思議。為什麼千年前就該消失的狹間之術和結構，直到今天仍流傳在妖怪間呢？狹間之國殘餘的痕跡，能這麼明晰地持續留存下來，肯定是有人刻意在保存吧。如果是深愛酒吞童子、一直在他身旁背負他的心願的茨木童子所為，一切就說得通了。」

至少，如果沒有好幾位擁有幹部級力量的妖怪存在，應該很難將那個術法與為數眾多的狹間保存到現代。

叶老師沉默一會兒，很快將燒短的香菸捻熄在攜帶式菸灰缸，搔搔金髮露出冰冷的笑容說：

「你少淡然地像在推理別人家的事一樣。那是你好朋友的事吧？」

「……」

「那我也要問你，為什麼你到現在還要裝作人類呢？」

「……呵呵，果然瞞不過你。」

我對於自己的謊言哼笑一聲。

明明是因為可以完美地化為任何事物，我才會稱作「鵺」。

「關於這一點，叶老師，可以請你暫時保持沉默嗎？」

我將食指壓在唇上，嘴角仍舊掛著微笑，眼睛連眨也不眨。

「你要是跟馨、真紀或我的家人說，搞不好我會殺了你喔。」

現在的我，肯定非常不像人類吧。

這是做為一個模範生、做為馨和真紀的好朋友、做為繼見家長男的繼見由理彥，絕對不會說出來的話。

叶老師最令人憎恨的地方就是，他的靈力依舊從容不迫、毫無紊亂，像在說那種威脅沒什麼大不了。

「辛苦了，葛葉。」

他撫摸著從空中降落的金色狐狸，完全無視我，像在說那隻金色的式神狐狸要可愛得多。

金色狐狸咬著書包和裝著伴手禮的袋子……書包上還掛著一個炸雞骨頭的鑰匙圈。那是真紀的書包吧。

「啊，是馨和真紀。」

從天空彼方傳來清朗的氣息，我再次抬起頭。

如同流水腰帶般的龍神，從遠處飛過京都的天空往這邊前進。

另一方面，叶老師急忙離開現場。
逃跑的安倍晴明，似乎沒有話要對馨和真紀說。
「歡迎回來……兩人都是。」
既然兩人一起回來，表示沒有任何問題了，那兩人果然選擇繼續在一起。即使明瞭真相，那份羈絆也不會改變。
但我就不是這樣。要是我的謊言曝光，一切絕對會改變。
現在的容身之處、重要的事物，越是害怕失去這些，謊言就纏得越深。
真紀之前也是這樣吧？但如果對方是馨，應該可以好好承接住，所以我一直都沒有太擔心。
那我呢？
究竟誰能承接住我的謊言？

第九章 夫妻再次墜入愛河

「我回來了～～」

回到淺草後，首先前往千夜漢方藥局。

「啊，茨姬大人！歡迎回來！」

「兩天不見～～有禮物嗎？」

影兒和阿水出來迎接我。

我來把在京都買的伴手禮給他們，順便接回寄放在他們家的小麻糬。

「我回來了～小麻糬～」

「要回家囉，麻糬糬。」

「噗咿喔～～？」

剛剛一直在玩電車玩具的小麻糬，看見我和馨的瞬間呆愣了一下，但立刻就發現我們是誰。

「噗咿喔、噗咿喔、噗咿喔～～」

小麻糬啪噠啪噠地拍著雙翅，一副快要哭出來的模樣跑過來。

我將他一把抱起、幫他擦掉鼻水後，小麻糬緊緊把身體挨到我胸前撒嬌。雖然只是兩天不見，但他肯定覺得很寂寞。
好乖好乖，真是可愛的孩子。
「啊！這個～是我之前在電視上看過的山椒魩仔魚。聽說雖然配飯也很好吃，但用來撒在豆腐上更是絕配～應該會是很好的下酒菜！」
「哇，是楓葉點心，還有像彈珠的京都糖果！我好喜歡。」
阿水和影兒各自開心地拆開自己的禮物。
淺草雖然擁有和京都類似的日式風情，但出乎意料地兩邊力推的伴手禮不太相同，我特別從中選了幾樣。
「馨送的土產是……最普通的生八橋喔。」
「怎樣，你有意見嗎？水蛇，不給你喔。」
「沒有沒有～我喜歡生八橋～是說馨，你一直盯著我的衣領，上面有什麼嗎？」
「沒、沒有。」
馨有點不對勁，而阿水似乎也隱隱約約察覺到我和馨之間的氣氛改變。
明明我們的舉止都跟平常一樣。不愧是跟著我們最久的眷屬。
「小麻糬，我有幫你買可愛的抹茶口味扁圓形小蛋糕，等回家後再給你。」
「噗咿喔～～」
不曉得他到底有沒有在聽，小麻糬從剛剛就一直黏在我身上，跟他的名字一樣，像麻糬一樣黏人。明明最喜歡吃點心，現在卻這麼依戀媽媽呀。

雖然我也有事情一定要告訴阿水和影兒，但決定改天再聊。我們離開阿水的藥局後，去買了點東西就回到野原莊。第一件事就是先把土產拿給住在一樓的阿熊跟阿虎。

「來了～請問是哪位？」

「阿虎，你還好嗎？眼神很渙散喔。」

他們好像正處在漫畫的截稿日前，雙眼閃著精光，殺氣騰騰，所以我們也沒多講什麼，決定下次再跟他們分享京都的遭遇。只叮囑他們若是趕工累了，就吃一點抹茶年輪蛋糕和生八橋。

接著，我們去找野原莊裡其他平常照顧我們的人分發土產，最後一位是住在隔壁的豆狸風太。

「來了來了～啊，歡迎回來～茨木大姊、馨。」

風太雖然是妖怪，但也是個普通的大學男生。

他肯定無法想像在京都發生的那些騷動吧，但他優遊自在的氣質，讓現在的我和馨有種懷念的感覺。

「風太，你長得好像你的祖先丹太郎喔……」

「啊？什麼呀？馨，你在講什麼？」

「呵呵，聽說是你的豆狸祖先帶牛御前來到這裡的，我剛好想起過去的事啦。」

「啊？」

我們過往的夥伴，豆狸丹太郎。

他在最後那場戰役中，帶著牛御前一路逃到如此遙遠的淺草。

源賴光在那之後，為了追殺妹妹牛御前一路跟到此地。但現在牛御前是守護這一帶的牛嶋神社的神明，丹太郎也留下了後代子孫，跟他長相極為相似的孩子還是我家鄰居。

這也是一種緣分吧。我心情愉快地，還帶著對其先祖的感謝之情，將年輕人應該會喜歡的宇治抹茶米菓巧克力當作伴手禮遞給他。

終於回到家了。

才兩天不在，感覺就積了一些灰塵。

「肚子好餓～我想要吃很多很多的豬肝。」

「妳是缺血吧？來用鐵板炒一大堆韭菜豬肝好了。」

馨從塑膠袋中取出回家路上在商店街買的豬肝、雞胗和韭菜。沒錯，我們家的韭菜炒豬肝要加雞胗。

然後，只要再加上自家種的紅豆豆芽菜，就是豪華的韭菜炒豬肝。

我迅速切著韭菜，將豬肝用醬油、酒、薑泥先醃過，再在雞胗上頭撒胡椒，靜置一會兒，並趁這段時間內洗好米準備煮飯。

接著從壁櫥裡拿出鐵板、開始準備工作時，小麻糬在旁邊因為肚子餓哭鬧起來，我就給他一些宇治抹茶口味的扁圓形小蛋糕和蘋果汁安撫他。

我也休息一下，泡一壺熱騰騰的宇治煎茶，稍微喘口氣。

「差不多了吧。馨，那就麻煩你囉。」

「好好。」

馨配合白飯煮好的時間，拿著材料走過去。

在鐵板上淋油預熱，先把醃過的豬肝和雞胗煎熟，再撒上大把韭菜和豆芽菜，用鍋鏟賣力翻炒。啊啊，好香喔……內臟烤熟的香氣。

「妳呀，現在腦子裡肯定在想什麼內臟烤熟的氣味好香之類的恐怖念頭吧。」

「咦？啊，我來放調味料。」

「少轉移話題。算了，妳要慢慢倒喔，慢慢地。」

我倒入用蠔油、醬油和砂糖調好的調味料後，馨再次動作俐落地翻炒。這種事他在打工時常做，動作非常老練。

「啊，韭菜開始變軟了。」

「最後撒上胡椒鹽，再滴一點麻油就好了。」

嗯，大量的韭菜炒豬肝轉眼間就完成。

我們在各自的盤子盛了許多韭菜炒豬肝，再隻手拿起剛煮好的白飯，速度驚人地狼吞虎嚥。

總之肚子真的超級餓。我們現在渴求著血和肉。

豬肝特殊的黏糊滋味、雞胗獨有的咬勁，搭上韭菜的苦味和刺激氣味，跟豆芽菜清脆的口感，組合成讓人根本停不下筷子的一道菜。我們一口又一口，吃個不停。

「啊，對了，還有京都的漬物！千枚漬！」

「既然都買回來了，就開來吃吧。」

回來前才在京都車站買的名產京漬物——蕪菁的醋漬「千枚漬」也端上桌了。

千枚漬的特徵是切得很薄，直接吃很好吃，配上白飯同樣很美味。

口感爽脆、酸酸甜甜的，很適合在韭菜炒豬肝之後吃。用昆布醃過的高雅香氣，不知為何讓人懷念起剛剛還待在那兒的那座古都……

「雖然發生了好多事，但京都還是很好玩呢。」

「實在太多事了啦，還差點死了耶。」

「不過，至少我們都平安回來了不是嗎？」

「果然還是淺草讓人放鬆。」

遇上那麼艱難的情況，有些關係和心情也產生變化，但現在我們仍是一如往常，在家裡面對面吃著簡單美味的食物。

打開電視一起看預錄的節目，一起度過與平常沒兩樣的時光。交談也都簡短扼要，沒什麼不同之處。

我洗好碗後，馨就說要洗最麻煩的鐵板。利用那段時間，我跟小麻糬一起洗澡。

接著換馨去洗澡的時候，我哄小麻糬睡覺。

我用他心愛的毛毯包住他，小麻糬頻頻確認我是否有在他身旁，好幾次隔著毛毯戳我肚子，我溫柔地親一下他的額頭。

「不用擔心，今天晚上我會一直陪著你喔。」

「……噗咿喔～」

小麻糬終於放心，縮成一團睡著了。

馨洗好澡後，果然跟平常一樣，邊暢飲最愛的罐裝可樂邊休息一下。他確認我讓小麻糬睡著之後，小聲對我說：

「欸，下個月聖誕節左右時，要不要帶小麻糬一起去哪裡走走？」

他粗魯地用毛巾擦乾頭髮的同時，表情有些害羞、不經意地問。

馨主動的提議讓我相當詫異，嘴巴張得老大，愣了一會兒。但開心的感覺漸漸浮上心頭，馨有記得我的請求呢。

「你要帶我去嗎？聖誕約會！」

「但、但是那個，學生能去的範圍有限喔。不管怎麼拚命也只能當天來回，地點也只能在這附近。」

「好呀，太棒了！把我們兩個努力存下來的小豬撲滿敲爛吧！」

「不是現在！不是現在啦！」

他的聲音有點大，所以我們朝彼此「噓」了一下。

小麻糬在睡覺呢。

「要去哪裡？」

「嗯～關於地點呀……我還是想看海。」

我忍不住嘴角上揚。海……海……

「嗯、嗯！海很棒耶！」

「什麼呀，妳之前明明說比起海，更喜歡山呀。」

「夏天的海水浴場跟冬季的海，風格不同呀。」

「好啦，妳想說的我也懂。我是在想，應該可以去江之島吧。」

「江之島……鎌倉附近？」

「沒錯，聽說生魩仔魚丼很好吃喔。」

「生的魩仔魚……啊啊，好耶，我想去江之島！」

我忍不住舔起舌頭。光是想像就覺得一定很好吃。

既然要去玩，當然要享用當地特產才棒。我想起過去和酒吞童子去丹後約會時，看完天橋立還去大吃了一頓螃蟹。

「那麼，就這樣講好囉。呵，好好期待吧。」

他是在掩飾害羞嗎？馨像是突然想起自己的形象，變得傲嬌起來。

而我則是真的真的非常期待，期待得不得了。

「在那之前都要節省度日喔。」

「那方面就都交給妳囉。」

直到聖誕節前，在日漸高漲的期待中進行萬全準備，這樣也很開心。

計畫由馨負責，節省包在我身上。

只要有所期待，就能一直努力到那一天。

不管是努力讀書準備考試、每天的生活，或是社團活動。

特別是正在裏明城學園建造的河童樂園，開幕就近在眼前，所以這陣子民俗學研究社的社團活動都是去幫忙手鞠河童。

「啦啦啦，歡迎蒞臨裏淺草河童樂園～～」

「實際上是上野吧，但入口多半在淺草呢～」

「還有些地方沒蓋好，現在是試營運。」

「也來剪個綵好了～」

「開酒就由茨木童子負責吧～」

「好好好。」

河童樂園營運委員會的手鞠河童們，發表了亂七八糟且夾帶著許多藉口的致詞後，在我的號今下豪爽地打破樽酒的蓋子。

這瞬間，四周的手鞠河童們瘋狂地跳起舞來，拚命往空中撒上色彩繽紛的紙吹雪和花朵。

沒錯，今天就是河童樂園開幕的日子。

在開園之前，手鞠河童、幫忙建造的民俗學研究社、莫名地受其關照的顧問叶老師，還有阿水、影兒跟小麻糬，以及擔心這裡到底有沒有辦法營運、提心吊膽的淺草地下街組長和全身黑色打扮的同仁，都收到邀請聚集在這裡。

「那麼，各位，請將為了盡情享受河童樂園所需的道具『河童的盤子』戴到頭上～」

「不要。」

大家都紛紛抗拒，只有小麻糬把盤子擺到頭上。

「噗咿喔～」

「哎呀，小麻糬，你戴上那個盤子，看起來就像真正的河童耶，好可愛～」

我為小麻糬可愛的模樣深深著迷時，叶老師從我旁邊快步通過，走向吸菸區。那個人不可能會盡情享受遊樂園這種地方，不過，叶老師走進畫著河童壁畫的吸菸區的畫面，也有種超現實感……

「那傢伙一天到晚在抽菸，不會有問題嗎？」

「叶老師感覺根本不重視健康呀，以前安倍晴明也不太在意養生就是了。」

雖然對方是前世宿敵，馨跟由理卻不知為何開始擔心他的身體。

這時，阿水和影兒像小孩一樣「哇啊啊啊啊！」地興奮大叫，全力衝向雲霄飛車。
「影兒就算了，那隻水蛇大叔都一把年紀了，是在興奮個什麼勁？」
「阿水從以前就喜歡這類的喔。是叫『絕叫系』嗎？」
看到自己的眷屬和前眷屬盡情玩耍的模樣，我突然想起凜音。
凜音。凜……
在京都，你出現在我面前，又把我的真相告訴馨。
你現在人在哪裡呢？孤身一人挨餓、渴望著鮮血嗎？
「喂，真紀、由理，難得來了，我們也去玩吧。」
「我想坐摩天輪。啊，不過小麻糬一直盯著旋轉木馬看喔。」
「但不管哪個設施都已經被手鞠河童們占領了……」
「那些傢伙根本沒有要招呼客人的意思嘛。」
另一方面，淺草地下街組長等人明明是受邀的客人，嘴裡卻喊著「請各位好好排隊」，還舉著要等二十分鐘的牌子引導大家。組長真是有夠苦命……
這樣一來，放手去玩才是贏家呀。
我帶著小麻糬去坐咖啡杯，馨還用手機幫坐在旋轉木馬上的小麻糬拍照。
由理隨口說他沒有搭過絕叫系遊樂設施，所以大家一起鼓起勇氣搭上雲霄飛車。結果，由理本人一臉從容自在，但我跟馨回到地面時都已經站不穩了。

接著，河童們耗費最多心力打造的遊行開始了，我們就待在特等席看遊行。

造成音樂教室靈異現象的努力獲得回報，河童們配合主題曲打太鼓、吹小喇叭、唱歌跳舞的默契絕佳，中途小麻糬還跑進去，開心地轉來轉去。

食物和甜點也有改善。一開始原本說要全部做詭異的小黃瓜料理，還好後來在淺草地下街的指導下，增加了不少符合主流口味的餐點。

特別是稱為「河童文字包」、像是模仿某處的餃子肉包的原創食物，似乎是遊樂園大力宣傳的重點，所以我們也一起嘗鮮。

近似於中華肉包的柔軟外皮，包著「蔬菜麵屑文字燒」、「年糕起士明太子」、「濃醬炒麵文字燒」等餡料，出乎意料地好吃，我一個接一個吃遍了所有口味。

雖然還是不能理解為什麼每個餡料都要加進切碎的小黃瓜或櫛瓜，但那就是手鞠河童可愛的地方吧。

一到傍晚，原本一直興奮喧鬧的小麻糬在我懷中睡著了。

他軟綿綿地癱著，還發出打呼聲。

「沒電了吧。」

「剛剛一直玩，累了啦。他還是小嬰兒呢。」

「小麻糬我來照顧，真紀，妳跟馨兩個人一起去搭摩天輪吧。」

由理從我的手臂上一把抱起小麻糬。

他明顯是在顧慮我們。確實，我說過想搭摩天輪。

「那麼，去搭摩天輪吧。」

「咦，馨？」

馨難得牽住我的手。

由理從後方大喊「好好玩呀」，還拉起小麻糬的翅膀拍著。

另外，在稍遠處的影兒雙眼閃閃發光，阿水則咬著手帕。

「話說回來……和其他遊樂設施相比，這個摩天輪特別大耶。」

「手鞠河童們說要蓋出日本最大的摩天輪，超級拚命的。」

我們搭上摩天輪，彼此相對而坐，車廂緩緩地開始移動。

從高處俯瞰的裏明成學園相當有意思，除了河童樂園，連中庭的菜園、圍繞校地的森林也都看得一清二楚。

「那座森林的另一頭是什麼呢？」

「什麼都沒有。只有絕不能跨越的柵欄，另一邊就是虛無。我就是把水屑送進那裡。」

「……是喔。」

「不過比起真正的學校，這裡環繞四周的森林範圍比較大。我有留下發展的空間。」

「你呀，這種地方實在是設想得很周到耶。這個狹間今後會發展成什麼模樣呢？」

這種可有可無的對話告一段落時，我們都沉默了一會兒。
黃昏的紅霞，緩緩地將這個遊樂園染上深濃的色彩。
巨大太陽正要沉沒，眼前美景十分壯觀。
「欸，可以問嗎？」
馨單手托腮撐在窗邊凸起處望著夕陽時，突然拋出這句話。
「為什麼茨姬要找酒吞童子的首級呢？」
「那個呀……因為我以為，如果不找回來，我就再也遇不到酒吞童子。我聽說酒吞童子的靈魂連同首級被封印在某個地方，所以，無論如何都想要拿回來……希望下輩子一定還要再碰面。」
我淡淡地卻肯定地回答。
「這樣呀……所以水屑才會以為我還沒轉世吧。」
對於這件事，馨沒有再追問。可是，隨即又丟來下一個疑問。
「茨姬是什麼時候喜歡上酒吞童子的？」
對於這個意料之外的問題，我只是蠢蠢地應了一聲：「啊？」
我還以為他肯定是要繼續逼問我是被誰殺死的，或是在哪裡死去這種事。
我沒有特別認真思考，只是害羞得雙頰泛起紅暈，用手指揪起一撮頭髮，小小聲地回答：
「那、那個呀……一開始囉。」

「一開始?什麼的一開始?」
「就是最一開始呀，第一次相遇時。那個，酒吞童子不是坐在枝垂櫻上面向我搭話嗎?對方是鬼，我心裡是很害怕沒錯……但那時候，我就不小心有點喜歡上你了啦。」
「……」
「畢竟，對於總是被叮嚀不能離開房間的茨姬來說……找到我，朝我伸手說『我會帶妳離開這裡』的，就只有酒大人了。」
馨慢慢地轉向我，雙眼眨個不停，嘴巴抿成一直線。
「什麼呀~逼人家講這麼難為情的話，結果你卻沒反應?」
「不、不是，那個，我、我還以為妳一直對安倍晴明……」
「什麼?」
「因為妳……啊，茨姬啦，就算酒吞童子來了，也都會立刻躲進簾子裡不是嗎?」
馨開始有點語無倫次，整張臉都漲紅了，視線飄忽不定。
這是什麼反應啦?我們這樣好像剛開始交往的情侶喔。
「對自己沒有自信的女孩，怎麼可能大方地讓自己喜歡的人看嘛。我老是被罵頭髮是紅色，又瘦巴巴的。」
「可、可是，就算妳被酒吞童子擄走之後，有一陣子也很怕我呀。」
「那是因為當時我害怕『相信』別人呀。雖然酒吞童子救了我的命，讓我更加著迷了，但又覺得反正總有一天會被討厭、被嫌棄、被拋棄……當時我無法相信任何事情。不過，酒吞童子帶我去看那片美麗的雲海，才把我的不安趕跑了。我才能夠相信你，產生了想要和你一起生活下去的想法。」

我看男人的眼光是正確的。想到這點，我不禁咯咯笑起來。馨原先還愣著，但沒過多久就笑出來。

「……我們明明一直在一起，卻還是有很多事情彼此不曉得呢。」

「是呀，當然的吧，夫妻也是不同的人呀，而且男女的價值觀不同。不過，正因為如此，才會一邊覺得好恐怖好恐怖，一邊還是相互靠近，最終結為夫婦吧。」

「啊哈哈，說的也是。」

馨難得輕快地笑著。

我還一直以為這個男人肯定早就曉得，我是什麼時候墜入愛河的。

果然，不管彼此多麼信賴，有些事如果不說出來還是無法傳達，難以了解呢。

所以，我眷戀地回想著那場珍貴的初戀，將手放在胸前再次告訴他：

「你的東西是我的，我的東西還是我的東西……不過，其實呀，我的愛情一直都是屬於你的喔，馨。」

馨緩緩睜大眼。

倒映在他漆黑雙眸中的我，正笑得非常幸福，但不知為何眼角卻滑下一行淚。

「謝謝你又再一次找到我。」

鬼妻也會流眼淚？

酒吞童子和茨木童子是最強的鬼？

不，我們都非常脆弱喔，所以才會如此渴求對方。

無法忘懷這份脆弱和愛戀，做為真紀，做為馨，再次面對面。

觸碰對方的臉頰、對方的手，確認對方的存在並非一場夢，然後——

我們這對前妖怪夫妻，再次墜入愛河。

後記

大家好，我是友麻碧。

嗯？咦……第三集的舞台怎麼都沒在淺草？

或許這也是氣氛驟然轉變的一集。

光看這一集的話，怎麼看都像京都鬼妻日記……是說，他們本來就是京都的妖怪啦。

《妖怪夫婦大鬧修學旅行》對我來說，似乎會成為非常重要的一集。

這個作品，當初就是因為我想要描寫接下來的情節，才會開始動筆的。

雖然想說的事有很多，但一開口似乎就會沒完沒了，所以，還是等到順利寫完整部書的時候再提好了。

只是，不曉得各位有什麼感想呢？只有這點讓我既期待又怕受傷害。

在這一集裡出現了幾個京都知名景點。

關於其中相當廣為人知的靈力景點貴船和鞍馬，書中有一幕是真紀、馨和由理遇上大雨，跑到鞍馬寺奧之院「魔王殿」躲雨吧。

其實，那是我的親身經歷。
貴船和鞍馬以山路相連，旅遊書上都寫著可以徒步往返。經常去京都的人或許相當清楚。
但是我和一起去的朋友，都太小看那座山了。
在貴船吃完美味的川床料理後，我們就按照旅遊書的指示，踏上通往鞍馬寺的山路，但突然遇上一場大雷雨，不得不待在昏暗的魔王殿裡躲雨。
雷聲轟隆作響，大雨滂沱而下，超級恐怖，真的超級恐怖。
不愧是連訊號都沒有，京都最厲害的靈力景點。
這就是擁有天狗傳說的山啊！好想乾脆遇上天狗算了……天狗，快出現呀！
腦中甚至萌生這些念頭，但天狗並沒有出現。
那只是一場陣雨，很快就停了，於是我們邊留意腳下路況，邊和其他觀光客一同走回貴船。這種嚇出一身冷汗的經驗，我大概一輩子都不會忘記吧。
隔年，我再次挑戰這座山。因為上一次沒能走到鞍馬寺，所以這次乾脆先到鞍馬寺，選擇坡度平緩的路線，輕鬆愉快地健行前往貴船。
當天天氣也很好，這次就順利多了。走到魔王殿時，我還說了聲「我回來了」。參拜完後，下山走到貴船吃蕎麥麵。運動完後的食物真好吃。
因為如此，現在我最推薦的京都景點就是貴船和鞍馬。
各位去京都時，請去貴船和鞍馬走走。夏天非常涼爽，最適合轉換心情，在川床上吃的餐點也很美味，流水和綠意能療癒身心喔。

接著是關於宇治。

那是有眾多宇治抹茶老字號店家，很舒服的一個地方。

我很愛抹茶點心，也非常喜歡茶蕎麥麵。在炎熱天氣中走到全身乏力時，大口暢飲宇治的冰綠茶，會讓人感到自己重新活了過來呢。

在書中也有提及，傳聞中酒吞童子的首級是保存在宇治平等院裡。自從知道這件事之後，我來到宇治都能感受到平安時代的浪漫情懷。四周有很多山、被大自然環繞的景觀也十分宜人。

關於酒吞童子的首級埋葬之處，其實還有另一種說法，據傳是在京都的「首塚大明神」。那是京都知名的神祕景點。

在本作品裡雖然選擇了宇治，但其實那裡也有相當特殊的氣氛喔。

接著，有件事情要跟大家報告。

我的另一套系列小說《妖怪旅館營業中》，竟然、竟然要製成電視動畫了。

很驚人吧～～很值得慶祝吧～～（手鞠河童們撒著彩色紙屑）

播放時期這類詳細資訊，之後會再公布，也希望大家能稍微留意一下這一部作品和動畫。

雖然和《淺草鬼妻日記》沒有直接關係，但如果能搭著《妖怪旅館營業中》前輩改編為動畫的便車……不，還是要努力支持啦！如果兩部作品能一起熱熱鬧鬧地引起大眾關注就好了！

最後，責編大人，因為動畫相關事務讓你非常忙碌，然後我又老是給你添麻煩，真是謝謝你花這麼多心思在這系列上。

繪製封面插畫的あやとき老師，我初次看到在書封中央相依偎的酒吞童子和茨姫時，就覺得再也沒有其他圖會比這更能象徵兩人漫長無盡的夫妻之愛了，非常感謝您。整體以鮮明的藍色和紅色相襯，簡直像在代表馨和真紀……這個封面肯定會幫第三集大大加分，真是非常感激。

接下來是各位讀者，真的非常謝謝你們拿起第三集，還看到最後。

在發售日當天，預定會在小說投稿網站「KAKUYOMU」刊載番外篇。是真紀和馨在幼稚園重逢的故事。閱畢這三集之後，請務必也看一下「KAKUYOMU」。

第四集的舞台會回到淺草，是描述妖怪夫婦和好朋友的謊言、心願及夢想的故事。（啊，當然也有妖怪夫婦去江之島約會的場景！）

發行預定日期在明年春天（註3），我打從心底期待能再次與各位相會。

友麻碧

註3：後記提及的都是日本的出版資訊。

國家圖書館出版品預行編目資料

淺草鬼妻日記．三，妖怪夫婦大鬧修學旅行 / 友麻碧作；莫秦譯．-- 初版．-- 臺北市：臺灣角川，2018.10

面；　公分．--（角川輕．文學）

譯自：浅草鬼嫁日記．3, あやかし夫婦は、もう一度恋をする。

ISBN 978-957-564-526-7（平裝）

861.57　　　　107014078

輕文學 Light Literature

淺草鬼妻日記 三 妖怪夫婦大鬧修學旅行

原著名＊浅草鬼嫁日記 三 あやかし夫婦は、もう一度恋をする。

作　者＊友麻碧
插　畫＊あやとき
譯　者＊莫秦

2018年10月25日　初版第1刷發行
2023年3月15日　初版第3刷發行

發 行 人＊岩崎剛人
總　監＊呂慧君
總 編 輯＊蔡佩芬
主　編＊李維莉
美術設計＊吳佳昫
印　務＊李明修（主任）、張加恩（主任）、張凱棋

台灣角川

發 行 所＊台灣角川股份有限公司
地　址＊104台北市中山區松江路223號3樓
電　話＊（02）2515-3000
傳　真＊（02）2515-0033
網　址＊www.kadokawa.com.tw
劃撥帳戶＊台灣角川股份有限公司
劃撥帳號＊19487412
法律顧問＊有澤法律事務所
製　版＊尚騰印刷事業有限公司
I S B N＊978-957-564-526-7

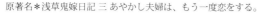